目が覚めたら、天敵御曹司が娘と私を溺愛する極上旦那様に変貌していました

m a r m a l a d e b u n k o

JN052574

marmalade bunko

マーマレード文庫

目次

目が覚めたら、天敵御曹司が娘と私を溺愛する極上旦那様に変貌していました

目が覚めたら、天敵御曹司が娘と私を溺愛する極上旦那様に変貌していました

1

プールの澄んだ水のなかを、ゆらゆらとクラゲのように漂っている。ぎらぎらとした日差しを浴びた水面が、ダイヤの欠片をばらまいたように白く光る。

――すごくきれいだ。ずっと見ていたくなるほど。

感嘆すると同時に、「あれ？」と疑問に思う。

私の身体は水中に沈んでいるのに、水面の光景が見えているのはどうしてだろう。

……なにかが、ちょっとおかしい。違和感が膨らみ始めると、沈んでいた身体がゆっくりと浮かび上がった。私は、直感した。

――あぁ、私、夢を見ているんだ。

水面に顔を出したと同時に、意識も浮上して――最初に感じたのは眩しさだった。

白い光。プールの水面のきらきらとした乱反射とは、ちょっと質が違う。なにかを映し出す意図を持った、煌々《こうこう》とした明かり。

恐る恐る目を開ける。のっぺりとした白い天井の中央に、丸型のシーリングライト。

――ここはどこだろう？

記憶を辿ろうとすると、ずきんと頭が痛む。反射的に押さえようとして——その右手に温もりを感じた。そちら側に視線を向けると——

「ひっ……！」

男性が私の手を握っている。スーツ姿のその人は丸椅子に座ったまま、私が寝ているベッドに突っ伏している。

……寝ているのだろうか。スーツの背中が規則的に上下している。

——この人、誰？　なんで私の手を握って寝てるの？

怖い。誰か呼ばなきゃ。この場合は警察……？

恐怖で緊張しつつ男性の手をそっと解いてから、ゆっくりと上体を起こした。そして、周囲を見回してみる。洗面台や、壁かけのテレビ。壁際には長椅子と、大きな窓が備え付けられている。外は真っ暗、今は夜みたいだ。

——ここは病院？　でもどうして私、こんなところに……？

「っていうか……私って、誰？」

——目の前のこの人のことはおろか、自分が誰なのかも思い出せない。

どうして？　なんで？

「う……ん」

呆然としていると、男性が小さく呻いてから顔を上げた。

寝起きだというのに、彼の目は二重で大きく、存在感がある。眉はきりっとして凛々しいし、鼻も鼻筋が通っており、唇はやや薄めだけど上下の膨らみのバランスがいい。

素直に、素敵な男性だと思った。ほんの一瞬だけ、この困った状況が頭からすぽんと抜けてしまう程度には。

「アヤノ……」

男性に釘付けになっていると、彼は大きな瞳をさらに瞠《みは》ってそう言った。

「よかった……目が覚めたんだな」

彼の表情が、ちょっとだけ泣きそうに歪んだ。でも彼は、それを必死にこらえて、私の肩を抱き寄せようとしてくる。

「あっ――やだっ……！」

その手を咄嗟《とっさ》に振り払った。いくらカッコいい人でも、気安く触れられたくはない。

「アヤノ……？」

怪訝そうに眉を顰める男性は、耳馴染みのない、名前らしき言葉をもう一度口にした。その直後、なにか重要なことを思い出したとばかりにハッと短く息を吐いて、べッドの枕元にある小さな機器に手を伸ばした。

「――先生を呼ばないと」

彼が機器を操作すると、女性の声が応答する。彼は冷静な物言いで「目が覚めました。すぐ来てください」と言った。ナースコールのようだ。

ずきん、とまた頭が痛む。右手で前頭部に触れると、ガーゼのような感触。頭を一周するように包帯が巻かれている。けがをしているみたいだ。

「あの……あなた、誰なんですか？」

通話を終え、枕元につながった機器を手放した男性に訊ねてみた。

自分のこともわからないのに、との思いも過ったけれど、彼を知ることで自分の素性を思い出せるのかもしれない、という微かな希望があったから。

「俺のことがわからない？」

彼の手を振り払ったときよりも、ずっと濃い驚きが彼の表情を彩った。

チャコールのスリーピーススーツを着ているその人に見覚えはなかった。ボルドーの上品なネクタイには、ゴールドとプラチナのプレートに赤紫色の宝石が施されたタイピンがついており、シーリングライトで微かにきらめく。私は素直にうなずいた。

「わかりません。あと、ここ病院ですよね。私、なんでここにいるんですか？」

男性は手のひらで口元を覆った。ひどくショックを受けていることが窺える。

「……事故に遭ったの、覚えてないの？」

少しの間のあと、口元の手を膝に置いて、彼が真剣な眼差しで訊ねた。

心当たりはまるでなかった。首を傾げると、重いため息が返ってくる。

「……車の自損事故だよ。そのときに大きく頭を打って、ずっと意識を失っていた」

「自損事故……」

おそらく自分のことなのだろうけれど、別の誰かの話をされているみたいだ。だって私は、自分が車の免許を持っているのかどうかさえもわからないのだ。

「失礼します」

そのとき、年配の医師と看護師が三人やってきた。

「ミドリカワさん、お目覚めになったんですね。お加減はいかがですか？」

看護師のひとりが優しい口調で私にそう訊ねる。

「えっと……？　ミドリカワ……？」

──誰？　私のこと？

「彼女、事故のことも私のことも……多分、自分のこともよくわかっていなくて」

戸惑う私の代わりに、男性が返答する。

「承知しました。……では詳しい検査をしましょう」

うなずいたのは年配の医師だ。それから看護師のひとりに、なにか道具を病室に運んでくるようにと指示を出した。

「心配しなくていいですからね」

さっきの看護師が、また私に声をかけてくれる。

私は状況を飲み込めないながらも、医師の指示に従うことにし、うなずいた。

◆◇◆

検査の結果は、逆行性健忘、とのことだった。

いわゆる記憶喪失状態にあるらしい。自身の運転する車で自損事故を起こし、それ以前の記憶を思い出せなくなってしまった。私という人間を構成するすべて——たとえば自分の年齢、社会的地位や家族構成、好き嫌いの類や、自分の名前でさえも。

私の名前は、『緑川《みどりかわ》礼乃《あやの》』だという。それを聞いてもしっくりとはこないけれど、絶対に違うとも言い切れない。なにせ記憶がないのだから。

教えてくれたのは、私の夫だという透哉《とうや》さん——そばで眠っていた彼だ。夫と聞くと、私の手を握っていたのにも理由がつく。そばで私の目覚めを待ってくれていたのだ。……そう言われても、ちっとも家族である気がしないのが本音だけれど。

　今日が六月十七日。事故に遭ったのが三日だそうだから、約二週間眠り続けていたことになる。

　そんな大事故を起こし、他の異常が見当たらなかったのは不幸中の幸いか。脳に損傷はなく、事故の外傷そのものはエアバッグのおかげで軽微なもので済み、眠っている間の処置でほぼ完治していた。記憶喪失に関しても、頭を強打すると記憶が飛ぶことはあるらしい。ひとまずは入院したまま、様子を見てみることになった。


「緑川さん、お食事ですよ」

　実感のない名前で呼ばれるのに慣れなくて、いつも快く返事ができない。

　この病院では十八時が夕食の時間、と決まっているらしい。今夜のメニューは筑前煮と白菜のごま和え、えのきと卵のすまし汁、白飯。デザートにははちみつレモンゼリーだ。食事の載ったトレイが、オーバーベッドテーブルの上に置かれる。

「少しでも食べて、体力つけてくださいね」

　私が毎回、ほぼ手を付けないとの情報が共有されているようだ。笑顔で念を押して去る看護師を横目に、気乗りしないディナータイムを始めることにする。

ベッドに上がり、両手を合わせてから、箸を手に取る。

最初に筑前煮、次にすまし汁をひと口含んでみる。病院食らしく塩気はあまりないものの、代わりに出汁が利いている。おいしいけれど——食は進まなかった。私は早々に食事を終えてベッドを下り、トレイを持って病室の外にある配膳台に戻しに行く。

看護師がトレイを回収しに来るため、わざわざ自分で戻す必要もないのだけど、目の前にほぼ手付かずの食事を置きっぱなしにしておくのは落ち着かなかった。

ステンレスの配膳台の表面を覗き込むと、黒髪のロングヘアの女性の顔が映る。色白で意志の強そうな眉と、少し吊り上がった目元。面長で、華奢《きやしや》な印象のシルエット。

——私って、こんな顔だったっけ？……わからない。

ベッドに戻って、ふぅと息を吐く。

目覚めて今日で三日。時間が経てば少しずつ思い出すのではと思ったけど、甘いのかもしれない。記憶の器は空っぽ。目覚めた直後となんら変わってはいなかった。

私は枕元にある棚からメモ帳を引っ張り出し、テーブルに置いた。なかを捲ると、検査のあと、自分自身について夫から聞き出した情報が書き留められている。

緑川礼乃。三月五日生まれの二十九歳。旧姓は一色《いっしき》。丸園《まるぞの》百貨店という大手デパートの秘書課に所属し、専務付きの秘書をしている。その専務が夫の緑川透哉。

丸園百貨店はまだ創業五年目だが、業界最大手だった丸屋《まるや》百貨店と、二番手の北園《きたぞの》百貨店という二社が経営統合し、売り上げにおいては他社を寄せ付けないモンスター企業だ。

夫の父は丸屋百貨店の社長であり、私の父は北園百貨店の社長。詳しい経緯は知らないけれど、丸園百貨店の誕生は私と夫が結婚したという五年前の時期に近いので、ふたりの結婚が経営統合の一因にはなっているのかもしれない。

幾度読み返してみても心当たりがない。漫画だかドラマだかの設定資料を見ているみたいに、まるで他人《ひと》ごとの気分だった。

せめてスマホでもあれば、自分の交友関係を辿ったり、関係の裏付けができそうだと思ったのだけど、事故の際に破損し修復不可能とのこと。助手席に置いていた通勤用のバッグは運よく手元に戻ってきたけれど、財布や文庫本やハンカチなど、自分の記憶につながりそうなものは見当たらない。私はメモ帳を閉じてもとの場所へ戻した。

そのときノックが聞こえた。扉へ顔を向けると、スライド式のそれが薄く開く。隙間から看護師の困ったような瞳が覗いた。

「あの……ご主人が見えてますけど、今日はどうされますか？」

「お引き取りくださいとお伝えください」

私は用意していた台詞《せりふ》を読み上げるみたいに、淡々と答えた。

「わかりました」

半分ほどしか見えていないけれど、去り際の看護師の表情には「気の毒」との感情が刻まれていたように思う。もちろん私にではなく、ナースステーションの前で待つ夫に対してだ。

彼はここ連日、夕食時にやってくる。仕事のあとわざわざ来てくれるのだし、顔を合わせるくらいはしなければと思うけど、その気になれず断り続けている。

彼は客観的に見て素敵な人に違いない。ルックスは申し分ないし、若いのに社会的地位があり、忙しさの合間を縫って、記憶を失った妻の面会に来る優しさがある。

でも――どうしても、彼を夫だとは思えない。というより、感覚的には他人と同じだ。自分が『緑川礼乃』であるという実感がないまま、彼の妻として面会する気にはなれなかった。

今日の午前中、私の両親だという年配の夫妻がやってきた。夫に対してと同様に、あまり会いたい気分ではなかったけど、血のつながった親ならなにか思い出せるかもという一縷《いちる》の望みをかけて、病室に通すことにした。

ふたりはしきりに私が目覚めたことをよろこんだ。男性は目を赤くして、女性のほうは涙まで流して。口を揃えて『命が無事でよかった』と。

だけど私は、ふたりの顔から目を逸らしつつ、その言葉をうなずいて聞くだけだった。やはり目の前で感激しきりの彼らが、自分の親である確証が持てなかったからだ。結局話もそこそこに、まだ体調が不安定であることを理由に帰ってもらった。

夫と両親に愛されていたのは幸いなことなのだろう。でも……申し訳ないけれど、今の私にとっては他人でしかない。頭では理解しようと努力しても、心が認めるのを拒否している。誰だって心当たりのないことを無理やりに飲み込めと言われたら、反発したくなるものだろう。

というか、本当に事実なのだろうか？　こんなにピンと来ていないのに？　永遠を誓い合った夫婦や、血のつながりのある両親なら、たとえ記憶が欠けたとしても通じ合うものがあるのではないか。そう感じられないのは、実際は違うから？

なぜそんなうそをつくのだろう？　夫や両親を騙《かた》って、どうしようと言うの？

ぞくりと寒気を感じ、自分の肩を抱く。

――怖い。三人ばかりじゃなく、医師や看護師までもが私を騙そうとしているようにすら思えてきた。

朝と夜を繰り返すたびに、どんどん心が閉じていくみたい。

頭にずきんと鈍い痛みが走る。忘れたころにやってくる突発的な頭痛は、事故の後遺症なのだろうか。私はそっと前頭部を押さえる。もう包帯は取れたし、傷口もすべて塞がっているのに――目には見えない傷が、いちばん厄介だ。

そのとき、再びノックの音がした。返事をすると、ゆっくりと扉が開いた。

「緑川さーん、ご主人からプレゼントですよ」

先ほどよりも若い看護師が、手になにかを抱え、にこにこと微笑み立っている。白い花。カラーの一輪ブーケだ。

「……すみませんが、お返ししてください」

少し良心が痛んだけれど、私はいっそ冷たく答えた。

一昨日も、昨日も、同じものを持ってきてくれたけど、いずれもお断りしている。心当たりのない夫の存在を積極的に受け入れていると勘違いされたくなかったからだ。

「まだあなたを夫と認めたわけじゃない」と、暗に伝えたかった、というか。

けれどこの看護師は、受け取らないはずがないと思っているのか、私の意思を確認せずに預かったらしい。「えっ」と小さく驚いた彼女が続ける。

「ご主人が、緑川さんのお好きな花なのでっておっしゃってましたよ」

彼女は悪びれない様子で私の部屋のなかに入ってきた。それから、オーバーベッドテーブルの上にそっとブーケを置く。

「――好きなものを持ってきてくれるなんて素敵なご主人ですね。ナースステーションでもお預かりはできないので」

突き返すより先に、彼女は頭を下げて病室を出て行ってしまった。

私は無言で、テーブルの上のブーケを見つめる。

好意で持ってきてくれている花を拒否するなんて、周りから見ればひどいと映るのかもしれない。実際、突き返された夫は少なからず傷ついているだろう。

今の私は、記憶を失い疑心暗鬼になりすぎている、という自覚はある。だから他人の好意さえも怖くなって、自分の殻に閉じこもってしまう。

……でも、このままではいけないことも、なんとなくわかっている。

――私の好きな花、か。それだって本当かどうかはわからないけれど、きれいだと思うし、いやな感じはしない。

「……まぁ、花に罪はないから」

私は自分を納得させるようにそう言い、ブーケをそっと抱き寄せた。

◆◇◆

身の回りのもので、花瓶の代わりになるものはないかと探してみて――両親から差し入れとしてもらった紅茶の五〇〇ミリリットルのペットボトルが目に入った。

今、なんちゃって花瓶に飾られたカラーは五本。夫自身にはまだ会う気になれずにいたけれど、欠かさず持ってくるカラーの一輪ブーケだけは受け取るようにした。

これが今の私にとっての精いっぱいの歩み寄りだ。それに、好きだったかもしれないものをそばに置くのは、悪いことではない気がする。

「昔からお花が好きだったわね。思い出すわ。うちのお庭でも、庭師が来て手入れをしてると、そばで『あれはなんの花ですか？』なんて訊いて」

病室の長椅子に母が座っている。棚に飾った花を見つけ、懐かしそうに瞳を細めた。

五十代なかばと思しき彼女は、オリーブ色のサマーニットにブラックのワイドパンツという、若々しさのなかにも品のある出で立ち。年のわりに童顔で、ふわふわとパーマのかかったショートヘアが柔らかな雰囲気にマッチしていた。

「……そうなんですか」

彼女には思い出話でも、私にとっては初耳だ。ベッドの上で、なんとなく相槌を打つに留める。

夫に負けず両親も私を気にかけてくれており、交互に面会にやってくる。今日は母の番だ。夫や父と同様、面会は極力断るようにしているけれど——若々しい雰囲気に不似合いな杖を突いてひとりでやってくる彼女を、無下に追い払えなかった。脚の具合がよくないようなのだ。

母は一昨日、「五分だけ」と言って本当に五分で帰った。今日も「五分で帰るから」とのことだし、それならと招き入れた次第だ。

「カラーの花、私も好きよ。上品よね」

「私の好きな花っていうのは本当ですか？」

「ええ。ほら、あなたたちの結婚式、五月に挙げたでしょう。そのときのブーケに必ずカラーを入れるようにオーダーしたって聞いたわ」

「……じゃあ、本当なんですね」

夫も母もそう言うなら正しそうだ。好きな花なんていう、取るに足らない嗜好についてうそをついても仕方がないだろうし。

「やっぱり、なにも覚えていないのね」

「……すみません」

私がつぶやいた言葉に、母の瞳が悲しそうに揺れた。そんな顔をさせてしまったのが申し訳なくて謝ると、母は慌てて笑みを作り、首を横に振る。

「なに言ってるの。礼乃のせいじゃないし、謝ることじゃないでしょ」

気丈な台詞は私を気遣ってのことだろう。

お腹を痛めて産んだ娘に忘れられてしまうやるせなさは、想像に難くない。私もできることなら、脚が悪いのに頻繁に訪ねてきてくれる実母のことを、すぐにでも思い出したかった。

気まずくて視線を俯けていると、母が「それより」とトーンを変える。

「――お願いだから透哉さんに会ってあげて。ずっと会ってないらしいじゃない」

「…………」

「あなたのことを心から心配してる。会って話をしなくても、元気な顔を見せてあげるだけでも安心すると思うの。もちろんあなたの気持ちが最優先だけど、忙しい合間を縫って面会に来てるわけでしょう」

母はそれまでよりも真面目な口調で、訴えかけるようにして言った。

――頭ではわかってる。もし私が本当にこの人の娘であり、彼の妻なのだとしたら。

……私よりもつらい思いをしているだろうってこと。

でも――今の私に、そこまでの心の余裕はなかった。より距離感が近いであろう夫を目の前にして、よそよそしい態度や失礼な態度を取ってしまったら、余計に傷つけてしまう。

「追い返されても毎日花を持ってくるなんて、素敵じゃない」

私は小さくうなずいた。看護師にも同じようなことを言われたっけ。

「……優しい人なんですね」

妻が記憶を失くしたというだけでも心が折れてしまいそうなのに。面会を断られてもなお、花を届け続けてくれるのは、それだけ想いが深い人だからに違いない。

「今でこそ、そうみたいね」

――今でこそ？　……どういう意味だろう？

言葉の意味を計りかねていると、母は小さく微笑んでから、左手の腕時計に視線を落とす。

「――ああ、もう五分過ぎたかしら。失礼しないと」

律儀に申告すると、彼女は長椅子に手をついて立ち上がった。そして袖に立てかけていた杖を手に取り、突きながら扉まで歩いていく。

「じゃあ、また明後日にお邪魔するわね」

「……あ、はい」

母に軽く会釈をして見送ったあと、私は病室の扉を閉めた。

夕食の時間が近づくにつれ、窓に映る景色は少しずつ夜に向かっている。

『――お願いだから透哉さんに会ってあげて。ずっと会ってないらしいじゃない』

母の言葉が耳元で蘇る。今日も夫は、花を届けにやってくるのだろう。いつもと同じ、カラーの一輪ブーケ。

会ったほうがいい、会うべきなのはわかるけど、心が追いつかない。

ベッドの上で上体を起こす。憂鬱な気分で、棚に飾った五本のカラーを見つめた。

白くて、釣り鐘を逆さにしたような独特なフォルム。私の好きな花。

結婚式のブーケのなかには必ず――と決めていたのなら、それよりも前から好きだったに違いない。彼はいつごろ、どのタイミングで知ったのかな。

……あれ。そういえば私……彼といつか、この花の話をしたような――

『白いカラーの花言葉は「乙女のしとやかさ」だって。好きな割りに……ちっとも似合わないね』

『うっ、うるさいな、余計なお世話っ！』

漠然とそんな予感が過った直後、脳裏に夫の顔が浮かんだ。私と夫が対峙し、会話している、まさにその場面を切り取ったような映像。

からかうような夫に対し、かわいくない態度を取る私。夫は今より若々しい印象で、服装もTシャツにデニムのラフな格好。もしかしたら学生のころかもしれない。

広い庭のような場所──ここはどこ？

『北園のお嬢様なら、もう少しお行儀よくしたら？』

『緑川くんこそ、丸屋の跡取りならもう少し紳士的な振る舞いをするべきじゃない？』

売り言葉に買い言葉。ツンとした口調に、彼は──夫は、おかしそうに笑った。

──あぁ、そうだ。ここは植物園。この人と初めてまともに言葉を交わした場所。

視界に広がる光景に身体ごと飛び込んでいくみたいに、私は当時にトリップした。

◆◇◆

「見て見て、沙知《さち》。カラーの花」

大学一年の初夏。ゼミ合宿のスケジュールに組み込まれた、自然公園のなかにある植物園にて。私――一色礼乃は園の一角で立ち止まると、白く咲き誇るそれを指差した。地植えされた花々は、来園者が直接触れないように手すりのようなもので距離を取っており、それぞれの名前や短い説明が添えられている。

「テンション高いね、礼乃」

子どものようにはしゃぐ私を、横からちょっと呆れたように見て沙知がつぶやく。同じゼミの桂川《かつらがわ》沙知は高校時代からの友人。ノリがよくて気も合う彼女は、関東《かんとう》を中心に展開しているコーヒーチェーン店・桂川珈琲館のご令嬢だ。

「私この花大好きなんだよね。地植えが珍しくて、つい」

花屋で切り花としてだったり、鉢植えだったりで見ることが多い。うちの庭でも地植えしているけど、ちょっとしたことですぐ枯れてしまってお世話が大変だ。

カラーに添えられた説明書きを読んでみる。『白いカラーの花言葉は「乙女のしとやかさ」。花言葉通りのおしとやかな花です！』

言われてみれば確かに。カラーの花をなにかに例えるなら、白い清楚なワンピースを着た令嬢、といったところか。

「へー。でもここに来て花だの植物だのに夢中になってるの、礼乃くらいだよ」

沙知は茶色の肩までの髪をかき上げながら、疲れたみたいに言う。

スタイルがよくておしゃれな沙知がそういうしぐさをすると雰囲気がある。襟ぐりの深いTシャツとショートパンツから伸びる手足は長く、まるでモデルみたいだ。

「――観察フィールドワークの一環とは建前で、休憩&歓談タイムだね」

矢継ぎ早に耳打ちされ、周囲にいるゼミ生を見回した。日陰に設置されたベンチでジュースを飲んだり、楽しそうにおしゃべりしたり、スマホゲームに興じている人たちまでいる。

私が通う某私立大学の経営学部は、都内の一等地にキャンパスを構え、企業の令息や令嬢が数多く在籍している。そのため、内部で開講されている必修ゼミもビジネスリーダーとなるための課題を掲げているものが多かった。このゼミはイノベーションをテーマにしていたはずだ。

今回の課題は「訪れる先々でビジネスモデルの種になりそうなものを見つける」というものだけど――今日は日差しがきついから、次の訪問先までの休息ポイントにされてしまっているようだ。

「特にそこ。緑川くん争奪戦が勃発中」

続く沙知の言葉に促され、数メートル先の屋根の下にあるベンチにいる集団を見た。女子が四人に男子がひとり。女子たちが緑川透哉くんを囲んで座っている。

目を引くルックスの彼は、入学当時から数多《あまた》の女子を魅了し続けている。このゼミ旅行を機に接近したいと目論んでいる女子はけっこういるんじゃないだろうか。

「礼乃、緑川くんのことどう思う？」

「どう思うって……別に、どうも思わないよ」

第一印象は「この人があの丸屋百貨店の御曹司か」。進学先がライバル企業の社長の長男と一緒、というのは噂に聞いていた。

わが一色家にとって丸屋百貨店は目の上のたんこぶ。規模、従業員数、年間の売り上げ、どれを取っても北園百貨店は二番手に甘んじている。うちの父も常々「丸屋さんに追いつき追い越せ」というのが口癖だった。だから、最初から彼を加点方式で見られなかったのは仕方がないと思いたい。

視線を手すりの向こう側の植物たちに戻して、小さく首を横に振って続ける。

「――しいて言えば、好きなタイプじゃない」

「えーどうして？　イケメンだし女の子に人気あるよ」

沙知が首を捻る。ルックスのいい緑川くんは、「あまり感情の起伏を見せないクールな雰囲気も大人っぽくて素敵」と他の友達が話すのを聞いた。その子の顔を思い浮かべながら、苛立ちを募らせて口を開いた。

「私の友達が最近彼に告白したんだけど、『好みじゃない』ってバッサリ切られたんだよね。ひどくない？　そんな言い方ある？」

コットンキャンディのように、ふわふわにこにことしてかわいらしいその友人は、学内ですれ違った緑川くんに一目ぼれし、ついに気持ちを打ち明けたようなのだけど、先日会ったらひどく落ち込んでいて、泣きながらそう報告してくれた。

「あー、素直すぎる感じ……？」

「かなり聞こえのいい言い方だね。私は他人の気持ちがわからない人なんだなって思ったよ。告白するほうは勇気振り絞ってるのに」

言葉を交わした時間は十秒にも満たなかったとか。どれだけ冷たい対応だったのか想像できる。私は口調を荒らげた。

「なるほど、だから腹を立ててるってわけね。その子に感情移入して」

私の怒りに同調するでも、鎮めようとするわけでもなく、沙知がうなずく。

「ちょっと顔がいいからって勘違いしてるんだ。フリ慣れてて感覚麻痺してるのかも」

「ひどい言われよう」

そう吐き捨てたあと、背後に誰かの気配を感じた。いやな予感がする低めのトーンの声に私も沙知も慌てて振り向く。

「み、緑川くんっ……」

そこには、たった今話題に上っていた彼の姿があったので、私は小さく叫んだ。あまり感情の乗らない澄ました表情は、なにを思っているのか推測できない。

――あれ？　さっきまでそこのベンチで女の子たちと話してたのに……！

横目でそれまで彼がいた場所に視線をやると、彼女たちはまだ楽しそうに話している。彼は、私たちのとなりに設置されたごみ箱に、飲み終わったペットボトルを捨てに来たらしい。私たちが固まっている間に、ごみ箱へ空のボトルを押し込んだ。

「他人の気持ちがわからない、なんて。一色さんにそんな風に言われるほど、あなた俺のこと知らないでしょ？」

言葉をかけられ、私は再び彼の顔を見つめる。決して責めるような言い方ではなく、むしろ薄く笑みさえ浮かべて、こちらを見ていた。

「……緑川くん、ちなみに、いつから聞いて……？」

「『私この花大好きなんだよね』からかな。一色さんの声、よく通るから」

あっけらかんと答える緑川くん。……最悪だ。最初から全部聞かれていたなんて。

頭をフル回転させて返答を考えているうちに、緑川くんが再び口を開く。

「それより一色さん。訊きたいんだけど——じゃあ付き合うつもりがない人に期待を持たせるようなことを言って断るのが優しさ？　それって違うんじゃない？」

皮肉や嫌味ではなく、純粋な疑問をぶつけるようなトーンで、彼が訊ねる。

「べ、別に期待を持たせろとは言ってないよ。言い方を考えて、っていうだけで」

陰口を叩いたうしろめたさがあるから、私はしどろもどろになりながら言った。

「誰のときの話をしてるのかは知らないけど、俺はその人と付き合いたいと思わなかったから素直に答えただけだよ。この場合の正解があるなら教えて。参考にしたい」

「……そ、それは」

彼に告白してきた女の子はたくさんいて、いつも同じ断り方をしているから特定できない、ということか。彼は僅かに微笑んだまま、また首を傾げた。

不意に答えを求められ、私はうろたえながら必死に理想的な答えを探す。

「気持ちだけありがとう、とか。今回はごめんなさい、とか……？」

「理由を訊かれたらどうする？『正直に教えて』とかって言われるじゃない？」

当たり障りなく、不快な思いもしない、咄嗟に出た割りに適切な気がしたけれど、矢継ぎ早に彼が訊ねた。

「それは……素直に答えなくても、好きな人がいるとか言っておけばいいでしょう」

「好きな人がいなくても、うそをつかなきゃいけないの？　だいたい、『正直に教えて』の答えにはなってないよね？」

口元に笑みを浮かべているのに、彼がこちらに向ける眼差しはひどく冷静だ。私を咎めているような気さえする。

確かにそうかも……と納得して、私は黙った。どんな言い方をしても、お断りすることには変わらない。彼の言う通り、最適解というのは存在しないのかもしれない。

期待を持たせず正直に言う。数えきれない女の子から想いを寄せられる彼だからこそ、辿り着いた答えだったのか……。

まっすぐに問いかけてくる視線が痛い。逃れるようにとなりの沙知をちらりと見た。

眉をハの字にさせて困惑している。きっと私も同じような顔をしているのだろう。

気まずい空気のなか、緑川くんは私と沙知の間を割って入り、手すりの向こう側のカラーの花と、その説明書きに視線をやった。

「ふうん、白いカラーの花言葉は『乙女のしとやかさ』だって。好きな割りに……ちっとも似合わないね」

何度か振り返りつつ花と私とを見比べながら、緑川くんがそう言って笑った。

「うっ、うるさいな、余計なお世話っ！」

――なによそれ！　いくらなんでも失礼じゃない？

攻撃されたと理解するや否や、カチンときた私は反射的に言い返してしまった。

「だってそうでしょ。悪口言うのは世間一般的によくないことだと思うし」

「うっ……」

淡々と述べられる正論がぐさりと胸に刺さる。

……先に失礼な発言をしたのは私だった。言葉に詰まる私をおかしそうに見つめながら、緑川くんが人差し指を立てる。

「それに言葉遣いがよくない。北園のお嬢様ならもう少しお行儀よくしたら？」

彼も私を「北園百貨店の娘」と認識していたのが意外だった。常に売り上げ首位独走の丸屋にとって、北園は競争相手にもなっていないのでは、と思っていたから。

でも今はそれより――言葉にこそ鋭さはないものの、その笑い交じりの揶揄《やゆ》めいた言い方が引っかかる。

「緑川くんこそ、丸屋の跡取りならもう少し紳士的な振る舞いをするべきじゃない？」

馬鹿にされているのがわかって応戦してしまう。火種を作ったのは私かもしれないけれど、なんの理由もなく彼を非難したわけではないのに。

「先に突っかかってきたのは一色さんだよ」

「だからそれは」

「友達が俺にフラれたからだっけ。へえ、友達思いなんだ」

彼は感心した風にうなずいて、さらに距離を詰めてきた。頭ひとつ分身長の高い彼に顔を覗き込まれる。

「――俺、一色さんみたいな人は好きだよ。ストレートっていうか、裏表なさそうで」

「っ……！」

今までとは違う優しい微笑み。すぐにでも抱き寄せられそうな距離感と、抜群に整った顔も相まって、否応なしにドキドキしてしまう。

「み……緑川くんっ……⁉」

この人今、私のこと好きって言った……？

――いや、まさか。彼とまともに言葉を交わしたのは初めてだ。そんなはずない。

わかっているのに――静まれ心臓っ……！　どうしよう、想定外の展開すぎて、なんて返事したらいいかわからないんだけどっ……！

私を見下ろす大きな黒い瞳から目が離せないでいた――次の瞬間。

「――なーんて。もしかして今本気にした？　一色さんって単純なんだ」

くっと喉を鳴らして笑うと、真摯だった眼差しがいじわるなそれに取って代わる。

「『好き』って言った途端顔真っ赤にしちゃって、意外とかわいいところあるね。あんまり男慣れしてないタイプ?」

「〜〜〜〜……!」

本気に捉えたのを指摘されたことも恥ずかしかったけれど、男性経験が乏しいことを見透かされたのはもっと恥ずかしかった。顔が熱い。

「図星?」

私の反応で察したのだろう。彼の表情が愉快そうな笑みに染まった。

「……み、緑川くんっ、あなたね――」

――からかうなんてひどい。沸々と怒りが湧き上がってきて、私が詰《なじ》ろうとすると、彼は落ち着けとばかりに両手をぱっと前に出した。

「まあまあ、怒らない。『乙女のしとやかさ』だよ。じゃ、そういうことで」

「あっ、ちょっとっ……!」

そして――爽やかにそう言って私の肩をぽんと叩いたあと、もといた女子四人の待つベンチではなく、親しい男子学生のいる別のベンチへと向かった。

――な、な……なんって失礼なヤツっ……!!

「あ、礼乃……」

私たちの一連のやり取りを呆然と見つめていた沙知が、ようやく口を開いた。

「沙知、さっきの台詞訂正する。彼のことどう思うかって」

彼女に向けて言葉を紡ぎながら、ベンチに座る緑川くんを忌々《いまいま》しく見つめる。

「――あんな失礼な人、嫌いっ……大っ嫌いなんだから……！」

沙知のうしろで、強い日差しに照らされたカラーの花が、まるで発光しているみたいにきらめいていた。

◆◇◆

上体が前につんのめるような衝撃のあと、大きく息を吐く。

……思い出した。緑川透哉――大学の同期のモテ男。彼とちゃんと話したのはあれが初めてだったけど、そのあとも、からかわれては腹を立てて――の繰り返しだった。

……どういうこと？　どうしてあの緑川くんと私が結婚なんて……？

混乱しているとノックが聞こえた。遠慮がちに扉が開き、看護師が申し訳なさそうに口を開く。

「緑川さん、あの、ご主人がいらっしゃっていますが」

部屋の時計を一瞥する。……いつもより早い。普段は夕食後の時間帯なのに。

「会います」

毎度のことだから、看護師は私が断ると思っていたのだろう。私が即答すると、彼女は驚いて「え」と小さく声を上げた。

「――会います。ここに通していただけますか」

「は、はい。ではそうお伝えしますね」

扉がそっと閉まると、少し慌てたような足音が遠ざかっていく。

緑川くんのことを思い出したら確かめたくなった。反発し合う私たちがなぜ結婚したのだろう。仮に家同士の事情があったとして、お互いの気持ちを完全に無視した婚姻が、今どきあり得るだろうか？

それに――彼の対応がやけに柔らかくなっているのはなぜ？

「礼乃、入るよ」

ほどなくして再びノックの音がした。扉の向こうから、記憶のなかで何度も私に軽口を叩いていた男性の声が聞こえてくる。

「――うれしいよ。会う気になってくれて」

扉を開けて私と顔を合わせるなり、前回会ったときと同じスーツ姿の緑川くんが心底うれしそうな笑みを浮かべたから、不覚にもドキドキしてしまった。

私をからかって楽しむような人なのに……悔しい。

『礼乃』という呼び方も、懇情のこもった語り口も違和感でしかない。私の知っている彼は、こんな慈愛に満ちた笑顔を向けてくれる人じゃなかったはず。

どうして夫婦になったのか。優しい夫を演じているのか。私と彼の夫婦関係の本当のところも含めて……訊き出さなければ。

扉を閉めた緑川くんが私のベッドの前に立ち止まり、ビジネスバッグを静かに下ろした。ヌメ革で仕立てがよさそうなそれは、一目見ただけでも上質であるのがわかる。

よくよく見ると、身に着けているチャコールのスリーピーススーツも上等そうだ。

今日は深い青のネクタイだけど、タイピンには見覚えがある。前回もつけていたはず。

彼は軽く室内に視線をくれ、棚の上の簡易花瓶に気が付いたようだ。

「飾ってくれてるんだ。今日は、直接渡せるからよかった」

笑みを濃くする緑川くん。バッグを持っているのとは反対の手に、やはりカラーの一輪ブーケが握られていた。両手に持ち替えて私に差し出す。

ブーケを握る左手の薬指に、シンプルなプラチナの指輪が見えた。私も同じデザインのそれを同じ場所につけていることに気付く。多分、結婚指輪だろう。

「……あ、ありがとう」

ブーケを受け取り軽く頭を下げた。彼からこんな風に丁寧な扱いを受けるのは変な気分だ。きまり悪くて、視線を逸らしてしまう。

「身体の具合はどう？」

心配そうに訊ねられ、私は意識的に姿勢を正した。

「ひとつ報告することができました。……あなたのことを、思い出した」

「本当に？」

私はうなずいた。まるでこぼれた砂が器に戻ってくるような不思議な感覚だった。妄想や創作ではなく、実際にあったできごとなのだと確信できるような。

目を大きく見開いた彼が、期待に満ちた視線を突きつけてくる。なにか言葉を発したそうな彼を制して、私が続けた。

「——でも教えて。どうして？」

「え？」

「思い出したはずなのに、どうしても納得できないの。私とあなたは、顔を合わせれば反発し合うような関係だったでしょう？　なのにどうして夫婦になったの？」

取り戻した記憶を辿ってみても、いい思い出はなさそうだった。緑川くんとはわかり合えない。どの瞬間を抜き取っても、そんな感情ばかりが紐づいている。

目の前の彼は面食らったように狼狽している。私はなおも続けた。

「私とあなたはケンカばかりしてた。大学を卒業してからも、ずっと」

「……そうだね」

絞り出すみたいに言ったあと、なにかに気付いた様子で彼が訊ねる。

「礼乃はどこまで思い出したの？」

――どこまで。いちばん近いと思われる記憶までを遡り、考え込んでしまう。

沈黙を困惑と捉えたらしい。緑川くんは弁解するように「いや」と首を横に振る。

「ずいぶん他人行儀な呼び方をするから。俺と夫婦なのが納得できないみたいだけど、結婚してからの記憶はどれくらいあるの？」

他人行儀だろうか。『緑川くん』以外の呼び方はしっくりこない。それに……結婚してからの記憶、と言われても。

「わからないけど……緑川くんと結婚したって覚えはないから、思い出したのはそれより前の記憶なのかも……」

私と彼が結婚したのが五年前。とすると、少なくともこの五年間の記憶はまだ戻っていないと考えるしかなさそうだ。

「……そうみたいだな」

よろこびもつかの間、緑川くんは少し残念そうに息を吐いた。けれどすぐに、その凛々しい顔に先刻までの笑みが戻る。そして、私の頭にぽんと手のひらを乗せた。

「──まぁ、まずは俺を思い出してくれただけでもうれしいよ」

温かな手が、私の頭を労わるようにゆっくりと撫でた。

「急かすなと先生にも言われているし、ここ数年の記憶もじっくり取り戻そう」

黒いロングヘアの感触を確かめるみたいな優しい所作。記憶のなかでさんざん頭にくることを言っていた彼が、こんなに大事そうに触れてくるなんて……。

──どうしよう、やっぱりドキドキする。心臓の音が聞こえていたら恥ずかしい。

ブーケに視線を落として必死に平静を装いながら、ふと思う。まだ戻らない記憶が多いのに、『俺を思い出してくれただけでもうれしい』なんて、ずいぶん楽観的だ。

……もしかして、私に気を使ってくれたのかな。

私が緑川くんの立場だったら、結婚生活を忘れたままっていうのはけっこうショックだ。なのにそういうそぶりを極力見せないでくれているのは──私にプレッシャーをかけないため……？

「……あ、あなた、本当に緑川くん……だよね……？」

私のなかの彼のイメージとは、もはや別人で、動揺してしまう。

「そうだよ。礼乃の夫のね」

彼は微かに声を立てて笑うと、いたずらっぽく言った。

――あ。この感じは知ってる。軽口を叩くみたいな言い方。別人みたいだけど、懐かしい一面が覗いたことで、昔の彼と今の彼はつながっているんだと思えた。

「もう少しだけ、話していってもいい？」

「う、うん……」

今日はここまでと打ち切ってもよかったのだけど、私ももう少しだけ、彼と話していてもいいような気になった。

「ありがとう」

お礼を言った彼は、ベッドのそばの丸椅子に掛けた。それまでよりも近くで見つめられて少しだけ緊張する。私の感覚では、彼とふたりきりになる機会だって稀だ。

「――記憶が戻ったことは、先生に報告した？」

「本当に、たった今のことだったから」

……そうだ。思い出したことを先生に伝えなければいけない。

「じゃあ俺はちょうどいいところに来たんだね。……本当によかった。俺のことを忘れたままだったらどうしようって、珍しく気弱になったりもした。でも信じてたよ。礼乃なら絶対に、思い出してくれるって」

数十センチ先で、慈愛に満ちた笑顔が弾けた。心底うれしそうなのが伝わってくる。

――私のことで、緑川くんがこんなによろこんでくれるとは。

まだ緑川くんと夫婦っていう事実が受け入れられず、しばらく混乱しそうだけど、不思議と嫌悪感はない。

それどころか……そんな記憶はないはずなのに、彼の慈しむような視線が懐かしくて、心の奥に安らぎにも似た感情がとくとくと溢れていく。

この気持ちはなんだろう？

夫婦で過ごした時間をまるきり忘れてしまっていても、心のどこかでは覚えているのだろうか？

緑川くんとは、夕食が運ばれてくるまでの僅かな時間を病室で一緒に過ごした。他愛ないことを二、三話したあと、「またね」ともう一度頭を撫でて帰っていく。

彼の足音が消えてからも、触れられた場所はじんわりと熱を持っているみたいに温かかった。

2

記憶が一部戻ったことを主治医に伝えると、事故の外傷も完治したので自宅で療養してはどうかと提案された。それまでの生活圏に戻ることによって、失った部分の記憶を取り戻す可能性は十分にあるというのだ。

自宅と聞いて連想したのは両親の住む一色家だけど、二十九歳の私は結婚を機に夫と暮らしているらしい。夫婦ならばそれがもっとも一般的な形だろう。

とはいえ、私にとって緑川くんは大学の同期でしかないし、いきなり同居なんて抵抗がある。渋る私に『戻っておいで』と強く勧めてくれたのは、他でもない彼だった。

『焦る必要はないと思うけど、普段の生活に戻ってみるのはいいんじゃないかな。つらく感じるようなら、実家に戻ってもいいんだし』

彼の言うことは一理あった。私としても可能なら完璧に記憶を補完したい。『緑川礼乃』としての自分に確信は持てなくても、『一色礼乃』としての自分には納得しているから、たとえ荒療治でもきっかけになるのならそうするべきだ。精神的に負担が大きいと感じたなら、彼が提案するように一時的に実家に身を寄せたらいいのだし。

かくして私は退院し、緑川くんの住むマンションに移ることにした。退院は六月最後の土曜日に決まった。

退院前日の夜。落ち着かず、ベッドのなかであれこれと考えを巡らせてしまう。

何度考えても、私と緑川くんが夫婦であるのが信じられない。

記憶が戻った翌日、私は彼とともに記憶のすり合わせをした。具体的にいつくらいまでの記憶を取り戻したのかをはっきりさせたかったのだ。

その結果、大学を卒業して一年程度のことは思い出せるとわかった。逆に言うと、卒業後一年以上の記憶はまだ戻っていない。どうりでまだ謎が多いわけだ。

少なくとも二十三歳の私は、彼が苦手で嫌いだった。彼のほうにしたって、私はからかいがいのある大学の同期という位置づけでしかなかっただろう。

その後、私たちの関係が決定的に変わるなにかが起こった？

……うーん。想像しにくい。

丸園創業の年と私たちが結婚した年がほぼ同じなら、やはり家の事情で決まった結婚と考えるのが妥当だろう。そもそもが愛情のない結婚だったのだ。

とすると——今度は緑川くんの態度が引っかかる。

折り合いの悪い、仮面夫婦の妻をあんなに心配する？　目が覚めたときにあんなによろこぶ？　自分を思い出したと知って愛おしそうに見つめたりする？

　演技って感じでもなかった。だいたい、演技する必要なんてないのだ。仮面夫婦ならそう事実を伝えればいいだけ。ごまかす理由はないだろう。

　考えるほどに、ハテナと不安が募っていく。私はその夜、ほとんど眠ることができなかった。


――翌日。お世話になった医師や看護師に挨拶を済ませて病院を出ると、緑川くんの運転する車に乗り込んだ。スタイリッシュなフォルムの外車で、外装、内装ともにこだわりを持ってカスタムされているのがわかる。きっと彼は、車が好きなのだろう。

　出発が正午を過ぎたので、近くのイタリアンで食事をとることになった。「退院のお祝いしよう」と、緑川くんはランチコースをオーダーしてくれる。

　病み上がりの私と、車の運転を控えている緑川くんなので、乾杯はガス入りのミネラルウォーターで。前菜はカポナータ、オリーブとアンチョビのブルスケッタ、アジのスカペーチェの三種類。三連の小さな器に盛られていて、見た目もかわいらしい。

　次に出てきたのは、枝豆とコーンの冷製スープ。それぞれの甘みが塩味によって引き立てられていて、とてもおいしかった。

メインは私も緑川くんもお魚をセレクトした。太刀魚のサルサ・ヴェルデソース。パセリの緑色が目に鮮やかなソースは、ほんのりとした苦みと野菜の旨みが心地よい。上品な味わいの太刀魚とも相性抜群で、素晴らしかった。

メインが出た時点でけっこうお腹がいっぱいだったので、私はパスタは遠慮することに。緑川くんの選んだペスカトーレは、旬の魚介がたっぷり入って豪華だった。

ドルチェはレモンタルトのバニラアイス添え。食欲が少し戻ったのでこちらはいただいた。レモンの爽やかな酸味と、バニラアイスの柔らかな甘さがマッチしていて、ぺろりと平らげた。

「思ったより食べられたね」

「自分でもびっくりした。だって、おいしくて」

私は興奮気味に答える。しばらくは食欲が湧かなかったけれど、記憶が戻ったあたりから少しずつ食事量が戻ってきている。せっかくのお祝いだし、手を付けたものは食べ切れてよかった。緑川くんもそれをよろこんでくれた。

——なんだかデートみたい。そう意識すると急激に恥ずかしくなってくる。

やっぱり緑川くんはカッコいい。向かいの席に座っていると、認めざるを得ない。休みの日なのにスーツ姿なのは、先に会社に寄るためだったという。スリーピースのスーツは、見目麗しい彼をさらに洗練させていて、本当によく似合っている。

私も彼もイタリアンが好きらしい。食事中は今まで訪ねたレストランについて教わった。けれど、新しくなにかを思い出すことはなかった。

「礼乃、昨日はあまり眠れなかったの？」

「え？」

食事を終え自宅へ向かう車のなか。運転席の彼に訊ねられて、私は車窓の外に投げていた視線を彼のほうへ向けた。

「そんな顔してるから」

彼の横顔が小さく笑う。寝不足の私は、これから自宅という名の見知らぬ場所へ連れて行かれる緊張感も手伝って、きっとひどい顔をしているのだろう。

「……いろいろ考えちゃって」

「そうだよね。思い出せないって、想像することしかできないけど……怖いと思う。それなのに、家に帰る選択をしてくれてありがとう」

「私も早く思い出したいから」

それなりに悩んで出した結論にもかかわらず、『ありがとう』が照れくさかった私は、なんでもないように答えた。

再び視線を窓の外に向ける。梅雨時期でも雨が少なく、暑い日が続いているせいか街行く人たちの軽装が目立つ。

「……緑川くんにはこれから迷惑をかけちゃうと思うけど」

大通りの信号待ちで、駅に向かって歩く人たちの背中を目で追いながらつぶやく。

「迷惑なんて思ってないよ。夫婦だからね」

私は内心でさらに照れた。当たり前のように、しれっと『夫婦』。彼にとってこの関係はいつも通りの日常なのだ。

実際、退院が決まってからも彼はかいがいしかった。仕事を早く切り上げて、十九時までには必ず病院に顔を出してくれたし、必要なものがあれば届けてくれた。

今私が着ているクリーム色のブラウスとブラウンのマーメイドスカートも、彼が退院のため持ってきてくれたもの。シンプルななかにフェミニンさもあるテイストは、自分の好みに違いない。

「――もうそろそろ着くよ」

しばらく大通り沿いを走ったあと、車は閑静な住宅街に入っていく。

門から玄関まで距離がありそうな大きな一軒家や、いわゆる高級低層マンションとともに、自然豊かな公園や緑地が多い。洗練された雰囲気もありつつ、ファミリー層も暮らしやすそうだ。

車は、そのなかにあるヨーロッパ風のレンガ造りの建物の地下を潜った。

「……ねぇ、礼乃」

その先の駐車場に車を停めると、緑川くんが身体ごとこちらを向く。地下なので薄暗く彼の顔が翳《かげ》ったせいもあり、それまでのリラックスした雰囲気は消えていた。

「家に入る前に、大切なことを話しておきたい。いいかな？」

――なんだろう。私はごくりと唾を飲んだ。彼から緊張が伝播《でんぱ》してくるようだ。

少し怯えながらうなずくと、彼はほんの数秒、迷うように私の顔をじっと見つめていた。それでも、意を決して口を開く。

「実はね――」

駐車場での会話を終え、緑川くんに連れられて一階のロビーに出た。

「素敵なマンションだね」

ロビーの床と壁紙は白だけど、天井は一面スカイブルーで爽やかな雰囲気。内装もヨーロッパ風だ。待合スペースに、白いレザーのシンプルなカウチが置かれている。

「選んだのは礼乃だよ。ここだと通勤も楽だしって」

ロビーを進んだ先にはエレベーターホール。上昇ボタンを押すと、スタンバイしていた昇降機のなかの明かりが点いて、扉が開く。

「俺は一軒家がよかったんだけど、礼乃は絶対にマンションって譲らなかったんだ。当時新築で、広さも間取りも申し分なかったし、礼乃の言う通り会社も近くて……俺もここならいいかなって折れて」

彼が慣れた風に『3』のボタンを押すと、扉が閉まって上昇を始める。

お互いの会社に近い場所を見つけるのは骨が折れただろうと思いつつ——そうだった。私は緑川くんの秘書なのだから、勤め先は一緒だったのだ。

「一軒家がよかったのに、私のためにマンションにしてくれたんだ。……緑川くんって、自分の意見は曲げないタイプの人じゃなかった？」

最初の諍《いさか》いのせいか、自我を通す人であるイメージがある。訊ねると、彼は微かに笑ってうなずく。

「学生のころはね。でも、最近はそうでもないよ。特に、好きな人の前では」

不覚にも胸が早鐘を打つ。……それじゃまるで、私がその『好きな人』みたいじゃないか。

「……変なの」

「変って」

私が訝《いぶか》しそうにつぶやくのを訊き、緑川くんはおかしそうに笑った。

そんな会話を交わしているうちに三階に着いた。ホテルライクでシックな絨毯が敷き詰められた内廊下を通り、突き当たりの角部屋に案内される。

「どうぞ、着いたよ」

部屋番号のすぐ下に表札が出ている。私は、重厚感と高級感のある外扉に触れた。ドアハンドルは曲線がかった洒落たデザイン。金属のひんやりした感触が伝わる。

「……思った以上に、なにも思い出さないものね」

ここには四年前に引っ越してきたと聞いた。そんなに住んでいるのなら見覚えがありそうなものなのに。

「そう。まぁ、まだ帰ってきたばっかりだしね」

私が眉を顰めるのを見て、緑川くんが優しくフォローしてくれる。

「――心の準備はいい？」

そんな私に代わって、彼がドアハンドルを握った。一歩下がって私がうなずく。

緊張で左胸の鼓動が高鳴ると同時、緑川くんがドアハンドルを引いて扉を開けた。

「ただいま」

「おかえりなさーい！」

彼が家のなかに呼びかけるようにして宣言すると、玄関からまっすぐに伸びる廊下の奥から、舌ったらずなかわいらしい声がして、廊下と部屋とを仕切っている扉が勢いよく開いた。そこから、小さな女の子がぴょんと飛び出てくる。

背丈は一メートル弱。ひまわりのプリントTシャツにブルーのデニム風ズボンを合わせており、長い髪をいちごの飾りゴムでツインテールにしている。

その女の子が私たちの姿を認めた瞬間、大きく目を瞠り、瞳をきらきらさせる。

「ままだー！　おかえりなさーい！　まま！　まま！」

私に向かって駆け出してくる女の子が、何度も「まま」と繰り返す。

「た……ただいま、礼佳《あやか》」

精いっぱいの笑顔を作りながら、私はぎこちなく彼女の名前を呼んだ。

「実はね——俺たちには子どもがいるんだ」

——地下の駐車場でそう告白されたとき、すぐには理解ができなかった。

「こ、子どもって……えっ、私たちふたりのってこと？」

神妙な顔で緑川くんがうなずく。冗談かもしれないという思いも過ったけれど、彼の表情を見る限りその線は薄そうだ。

「そっ、そんなの聞いてないっ……！」

「ごめん、なにも覚えてないって聞いてから、いつ打ち明けようか悩んでる間に、時間だけ経ってしまって」

私が大きな声を出すと、彼が申し訳なさそうに謝り、小さく息を吐いた。

「子どもの名前は礼佳。三歳の女の子だ。今、うちで待ってる」

「……まさか子どもがいるなんて」

ただただ驚くばかりだ。結婚して数年経つ夫婦ならあり得る話なのに、まったくそういう発想がなかったのは、やはりまだ彼を夫として見られていないからだろう。

「そうだよね。本当にごめん」

彼はもう一度謝罪の言葉を口にして、頭を下げる。

「――でも、わかってほしい。俺にとって礼乃は大切な奥さんだけど、礼佳もまた大切なひとり娘なんだ。事故からずっと、礼佳はママに会えなくて寂しがってる。それが精神的な負担になってて、急に夜泣きが増えて」

そこまで言うと、緑川くんが顔を上げた。

「だから俺は、どうしても礼乃に家に帰ってきてほしかった。礼佳にママの顔を見せて安心させたかったんだ。……先生には、子どもと直接会わせる前というのを条件に、礼乃にこの話をする許可をもらってる」

「…………」

「こんなタイミングで申し訳ないけど、礼佳はママの記憶がなくなっていることを知らない。きっと教えても、理解できないだろうと思ったからね。俺ができる限りサポートするから、なんとか話を合わせてもらえないかな……？」

そんな大切なことをどうしてギリギリまで黙っていたんだろうと疑問を抱いたけれど、痛切な彼の語り口で理解した。

先に子どもの話をしたら、私が動揺して退院を拒むと案じたんだ。それは、母親に会いたがっている子どもにとってはつらいことだろう。緑川くんは私と子どもとの間で板挟みになっていたのだ。

……どうしよう。緑川くんとの記憶すら正確に思い出せていないのに、子どものことまで背負ってしまって大丈夫だろうか？

そもそも小さい子との関わり方なんてわからない。私は親戚のなかでいちばん年下で、誰かの面倒を見た経験だってないし。特別に子ども好きというわけでもない。

……そんな私が、母親として振る舞えるだろうか？

自信なんて少しもないけれど――私は静かにうなずいた。

「礼乃、いいの？」

すると、緑川くんが意外そうに訊ねる。

「――すごくありがたいけど、いきなりだし困らせてしまうって思ってたから……」

彼は断られるのを覚悟していたのだ。車を停めてからもエンジンを切らなかったのは、私が「病院に戻る」と言い出す可能性を考えてなのかもしれない。

「入院中だったら少し考えてしまってたと思う。まだ二十三歳までの記憶しかないし、子どものことだって思い出せる保証はないから」

知らないものが増えると余計に混乱してしまいそうで怖い。もう少し、段階を追ってから会うのもひとつの手であるようには思う。

「でも、確認だけど……確かに緑川くんと私の子どもなんでしょう？　その子は」

彼は寸分の迷いもなくしっかりとうなずいた。ならば、私の気持ちは決まった。

「三歳の子が、もう三週間もママに会えてないのは可哀想だし、話を合わせるだけでもその子の不安が和らぐなら……協力したいと思う」

親の実感なんてまったくないけれど、自分の子どもならば責任がある。忘れてしまったからといって知らんぷりをするのはあまりに冷たい。

「……助かるよ。本当にありがとう」

こうべを深々と垂れた緑川くんが直ると、心底安堵したと言いたげな顔で微笑む。

まるで、いちばんの難関を越えたかのような。

彼も父親として、大切なひとり娘に寂しい思いをさせたくないに決まっている。

「無理はしなくて大丈夫だから、とにかく元気な顔を見せてあげてほしい。あとのことは、ここでの生活に慣れてから考えよう」

「……こちらこそ、ありがとう」

今度は私がお礼を言う。彼や娘にとっては「おかえり」でも、私にとっては「初めまして」のわが家。不安を汲みつつ、気負わせないようにという心遣いがうれしい。

「じゃあさっそくだけど降りよう。礼佳が待ってる」

「うん」

――私の娘が待っている。思いがけず襲ってきた別の緊張感に背筋を伸ばしながら、私たちは車を降りたのだった。

「まま！　だっこー」

「あ、えっと……」

満面の笑みで駆け寄ってくる礼佳ちゃんに、いきなり抱っこをせがまれて、固まってしまう。……どうしたらいいんだろう？　経験がないからわからない。

「礼佳、ただいま」

「ぱぱー！」

そこで緑川くんがすかさず靴を脱ぎ、私にしがみつこうとする彼女の名前を呼んだ。すると、礼佳ちゃんの興味が彼に移る。その場にしゃがみ、彼女の前で両手を広げた彼は、慣れた所作でひょいと娘を抱き上げる。

「ママはまだ具合が悪いから、よくなるまで抱っこはパパがするね」

「えー」

言い聞かせるように彼が言うけれど、腕のなかの彼女は頬をぷくっと膨らませて不服そうだ。彼女と目線を合わせたまま、彼が続ける。

「礼佳もママに早くよくなってほしいでしょ？」

「……うん」

「じゃ、元気になったら抱っこしてもらおうね」

優しく諭すと納得してくれたようだ。私に視線をくれた緑川くんがふっと笑う。彼は約束通り、助け舟を出してくれたのだ。

「——今、なにしてたの？」

彼が明るく話題を変えると、礼佳ちゃんは嬉々として「えっとね～」と話し出す。

「りっちゃんと、えーじくんと、おえかきした～」

「よかったね。パパに見せて？」

「うん！　ままもみて！」

緑川くんに抱っこされた礼佳ちゃんの笑顔は蕩《とろ》けるようで、彼の首元に抱き着き、安心し切っている。ふたりの間に、強い信頼関係を感じずにいられない。

「う、うん……」

私は返事をしたあとパンプスを脱ぎ、玄関の端に寄せた。そこにヒールの高いサンダルと、スニーカーとが揃えて並べられている。来客中のようだ。

礼佳ちゃんに促され緑川くんが歩き出す。緑川くんのあとを追うように、私も廊下の奥の部屋へと進んでいく。

そこはダイニングとリビングがつながっている部屋。扉のすぐそばに配置されている横長のダイニングテーブルにはクレヨンやお絵描き帳が載っており、六つある椅子のうちとなり合わせのふたつに、若い女性と男性が座っている。

ふたりともこちらに視線をくれると、まずは女性のほうが口を開いた。

「礼乃ちゃん、お疲れさま！　久しぶりに外出して、疲れてない？」

「あ……えーと……」

　下の名前で呼ばれる割りには、彼女に見覚えがない。手入れの行き届いた茶髪のセミロングに、トレンド感のあるメイクとTシャツ、ショートパンツという大胆なファッション。首元にはネックレスがきらりと光っている。大学生だろうか。

　まじまじと顔を見るうちに、誰かに似ている、と思った。

　この人と、昔どこかで会ったことがあるような――

「璃子《りこ》ちゃん……？　あなた、璃子ちゃんね」

「そうだよ。わかってくれてうれしい！」

　思い当たった人物の名前を呼んでみる。私の勘は当たっていたらしい。

「……すごい、大人っぽくなったね」

　すぐに思い出せなかったのは、彼女が私の記憶のなかではまだ幼く、黒髪でノーメイクだったから。当時は高校に入学したばかりと紹介されたのだから、当たり前か。

　緑川璃子。緑川くんの、八歳年下の妹だ。彼女とは、父に呼ばれたパーティーで挨拶を交わして以降、そういう席で何度か会話をしたことがある。

「あはは、久しぶりに会ったみたいに言っちゃって～」

「ごめんなさい、多分、久しぶりじゃないんだよね……？」

緑川くんと結婚したなら、璃子ちゃんは義理の妹なわけだ。この口ぶりだと、頻繁に顔を合わせているのかも。私の憶測を裏付けるように、璃子ちゃんがうなずく。

「大学生になってからは、実の姉妹みたいに仲良くしてもらってるつもりだよ。……あ、ごめんね、気が利かなくて。座って、礼乃ちゃん」

「あ、ありがとう」

璃子ちゃんが途中でハッとして、正面の席を勧めてくれた。私はそこに腰かける。

彼女は今、大学三年生で、私と緑川くんの後輩になったそうだ。私の事情は彼から大方聞いているうえで、深刻にせずに笑い飛ばしてくれるのが、いっそありがたい。

「璃子にはよく礼佳の面倒見てもらってるんだ。特にここ一ヶ月は、かなりの頻度で」

礼佳ちゃんを抱っこしたままの緑川くんが、璃子ちゃんを一瞥して言った。

「そうだったの……」

私が事故に遭ってからというもの、緑川くんは必ず職場から私の入院する病院に直行してくれている。聞けば、緑川くんの帰宅までの間、可能な限り彼に代わって礼佳ちゃんの保育園の迎えや、彼女の食事などの介助をしてくれていたらしい。

璃子ちゃんだって自分の予定があるだろうに。……申し訳ない。

「いいのいいの、バイト辞めて暇だし、私も姪っ子に会いたいから。ねっ、礼佳？」

私の表情から感情を読み取ったらしい璃子ちゃんが、少しオーバーに両手を振った。

それから目線を上げ、兄に抱かれた礼佳ちゃん本人に呼びかける。

「うん、りっちゃんすきー！　えーじくんもすきだよー！」

礼佳ちゃんが、璃子ちゃんとそのとなりの男性に笑いかける。私もつられるように彼を見た。

茶色味を帯びたマッシュウルフヘアに、オーバーサイズの黒いＴシャツにネックレス。ボトムスはスキニーデニム。若々しくトレンド感のあるファッションで、彼も璃子ちゃんと同じ、今どきの大学生といった風体だ。

「――えっと、あなたは……？」

「私の彼氏の国分《こくぶ》瑛司《えいじ》。大学の同期だよ」

本人よりも先に璃子ちゃんが答えてくれた。彼氏と言われてなるほど、ふたりのネックレストップは、ともに某ハイブランドのロゴのモチーフ。ペアアクセなのだろう。

カッコいいというよりはかわいい系の、幼さの残る顔立ちに色白の肌。緑川くんとは違った魅力を持っている男性だ。こういう中性的な雰囲気が好きな女の子は多そうだけど――残念ながら、彼の存在は記憶にない。

「あの、彼氏さんとお会いしたことはある？」

「うん。紹介したし、よくご飯も一緒に食べてたよ」

念のため璃子ちゃんに確認してみる。……やっぱり私が覚えていないだけみたいだ。

「礼乃さん、本当に覚えてないんですね」

本人がやっと口を開いた。困惑気味なのは、私の様子にショックを受けているからか。無理もない。知り合いが急に自分を忘れたりしたら戸惑うだろう。

「ごめんなさい。知ってるかもしれないけど、ここ何年かの記憶がぽっかりなくて」

口を滑らせてから「いけない」と思い、礼佳ちゃんのほうを向いた。よもや彼女を忘れていることを悟られてしまったかと危ぶんだけれど――礼佳ちゃんはパパに今日一日のできごとを報告中。こちらの話は聞こえていないようでホッとした。

気を取り直して瑛司くんに向き直ると、彼が首を横に振る。

「……いえ、そんな、とんでもないです。……本当に、なんて言ったらいいか」

瑛司くんはとても丁寧な口調の好青年だ。私が彼を覚えていないことを責めないばかりか、かなり言葉を選んで話してくれている。

「本当、びっくりしたし心配したよ。でも、無事帰ってきてくれてよかった」

そんな瑛司くんの代わりに言葉を紡ぎながら、璃子ちゃんがこれまでとは違う、ちょっと真面目なトーンで言った。

「——私も瑛司も授業がなければいろいろ手伝えると思うから、困ったことがあったら遠慮しないで言ってくれていいからね」

「僕たちでできることがあれば、なんでも協力したいと思っているので」

璃子ちゃんの言葉に、瑛司くんも同調してくれる。

「ありがとう。すごく心強い」

「ううん。礼乃ちゃんには個人的に相談に乗ってもらったりもしてたし、いつか恩を返せるときがあったらって思ってたんだ。だから気にしないで」

そんな風に言ってもらえるなんて、私が思うよりも親密な間柄だったのだろう。ひとりっ子の私はきょうだいを知らないけれど……こんな感じなのか。

「……ありがとう」

ふたりの優しさで胸がじんわりと熱くなって、思わず左胸を軽く押さえた。

璃子ちゃんはもう一度「ううん」と首を振ったあと、椅子から立ち上がる。

「じゃ瑛司、今日はもう帰ろ。兄貴も礼乃ちゃんも帰ってきたことだしさ」

「え？　でも——」

言いながら、瑛司くんが部屋のかけ時計を見た。時刻は十五時前。「まだ早い」と言わんばかりだ。そんな彼に、璃子ちゃんがわざとらしくため息をついてみせる。

「もう、気が利かないなー。久しぶりに家族水入らずにしてあげようよ」

片手にバッグを持った璃子ちゃんが、瑛司くんの背中をバシバシと叩く。と、彼も慌てて椅子から立ち上がった。瑛司くんの腕を引き、璃子ちゃんが廊下に続く扉の前で立ち止まる。

「ってわけで、私たちはそろそろお暇《いとま》しまーす。またね」

「お、お邪魔しました」

璃子ちゃんの声に押され、瑛司くんが頭を下げる。

「あっ、見送りとか大丈夫だからね！　勝手に帰るから」

私と緑川くんが彼女たちのあとを追おうとすると、すかさず璃子ちゃんが小さく叫び、バッグを持った片手をひらりと振った。

「ふたりとも、いつも本当にありがとう」

「いいって。兄貴のためというよりは礼乃ちゃんと礼佳のためだから」

神妙にお礼を言う緑川くんに対し、璃子ちゃんは明るく笑った。

「りっちゃん、えーじくん、ばいばい」

「礼佳ばいばい。ちゃんとパパとママの言うこと聞くんだよ」

彼女は自身に手を振る礼佳ちゃんに微笑むと、瑛司くんの腕を引っ張ったままサンダルを履く。そして彼が自身のスニーカーを履いたのを確認して、すぐに出て行った。

「……璃子のヤツ」

緑川くんは礼佳ちゃんをゆっくりと下に降ろし、止める暇もなく出て行った妹の名前をつぶやく。

「璃子ちゃん、いい子だね。瑛司くんも」

追いかけようとして立ち上がった椅子に、再び腰かける。私の記憶の璃子ちゃんは、ただ物静かな子というイメージだったから、いい意味で意外だった。素直な感想を述べると、緑川くんは笑いながら首を傾げる。

「いい子かどうかはさておき……俺の目から見ても、璃子と礼乃はすごく仲良かったからね。璃子は昔から『お姉ちゃんがほしかった』って言ってたし、礼乃が義姉になって余計にうれしいんだろうな」

彼女の口からも、実の姉妹みたいに仲良くしていたと聞いた。大げさでなく、彼女にとって私は心を許せる存在だったのだろう。

「――瑛司くんとは、親同士のつながりで出会って、付き合い始めたみたい」

「丸屋時代から父さんの秘書をしてるのが瑛司くんの父親なんだ」

「親同士の？」

「そういうこと」

パーティーなど、会社関係のイベントで接点は多かったに違いない。積極的な璃子ちゃんと、押しに弱そうな瑛司くんとは、意外と釣り合いが取れているのかも。

私はふたりが去った室内を見渡しながら、ふうっと息を吐く。

「……どうした？　疲れた？」

「うん、ちょっとね」

見慣れない景色に目がチカチカして、頭が少し重くなってきた。

自宅だと自分に言い聞かせても、知り合いの家を初めて訪ねた気分だ。整理整頓されたダイニングスペースも、その整然さに反し広々とした空間の大半を子どものおもちゃに占領されているリビングスペースも、やはり記憶にない。

緑川くんのことも。彼の足元にまとわりついている礼佳ちゃんのことも。……まだ、家族だとは思えないでいる。私はふたりを見比べながら、自分がひどく冷たい視線を送っているのではないか、という不安に駆られた。

「まま……？」

「――ご、ごめんね。こんなに誰かと一度に会話したの、久しぶりなの」

私を見上げて訝しそうに訊ねる礼佳ちゃんに、私はそうやってごまかした。

「少し休んだらいい。寝室は廊下に出て右手の扉だよ」

緑川くんに勧められてうなずく。

帰ってきていきなり刺激が多すぎた。頭のなかの配線がごちゃごちゃしている感じを、一度すっきりさせたい。そのためには、ひとりでの休息が必要なのかも。

「あや、ままとあそびたいのに～」

「ママは具合悪くて、少し休みたいんだって。パパと遊ぼう」

「えー、でも……」

とことこと私のそばにやってくる礼佳ちゃん。

久しぶりに会ったママともう少し触れ合いたい。彼女の気持ちは痛いほど伝わってくるけれど、このまま一緒にいて平静を装える自信がなかった。

「元気になったら遊んでくれるから。ね、今は寝かせてあげよう」

緑川くんが礼佳ちゃんの身体をまた抱き上げてなだめる。彼女はパパと私とを見比べ悩むそぶりを見せたけれど、最終的には「うん」とうなずいた。

「まま、ねんねしていいよ」

「ありがとう。……じゃあ、休んでくるね」

「付き添えなくて悪いけど」

「ううん、大丈夫。むしろごめんね」

彼には礼佳ちゃんのお世話がある。というか、私が礼佳ちゃんの母親なら、彼だけにケアを任せることになるのが逆に申し訳ない。謝ってから、そそくさと廊下を出た。

「まま、おやすみ～」

うしろから礼佳ちゃんの声が聞こえたので、私は振り返って手を振ったあと、扉をそっと開いた。彼の言う通りであれば、ここが寝室のはず。

まず視界に飛び込んできたのはキングサイズのベッド。向こう側の壁の二辺に接するように置かれている。枕は大人用がふたつ、その間に子ども用がひとつ。

……親子三人の寝室。なんとなく、ベッドが三つあるイメージだったので、少し驚いた。とはいえ、小さい子をひとりで寝かせるのはまだ早いか。

正直、ここで寝るのは落ち着かないけど、仕方ない。私は倒れ込むように、大きなベッドの壁側に潜り込む。

壁側を選んだのは、こちら側の枕カバーがボタニカル柄で、女性ものらしい感じがしたから。横になったら、ずんと響くような頭の痛みが多少和らいだ。

——毎日、ここで眠っていたのかな。……緑川くんと礼佳ちゃんと、三人で。

部屋のカーテンは、片側だけ閉まったままだ。ほんのり暗い天井は、本当は白なのだろうけれど、薄いグレーに見える。その灰色をぼんやりと視界に収める。

これが私の日常だったなんてうそみたいだ。夫が緑川くんだってだけで一大事なのに、彼との子どもがいて。彼の家族ともかなり親しいお付き合いをしている。

考えれば考えるほど、わからない。別の人の人生を乗っ取ってしまったみたいな恐ろしさを感じる。

……いや。そうじゃないのは、いろんな人に会ってみてわかった。みんなが私を『緑川礼乃』として認識しているし、私自身にも思い当たる節はあるから、この現実が事実であるのには間違いない。……まだその部分の記憶が抜け落ちているだけで。

——早くすべての記憶を取り戻して楽になれたらいいのに。違和感しかないこの状態が、ただただ苦しい。

思い出さなきゃ。緑川くんと結婚してからのこと。礼佳ちゃんを妊娠してからのこと。出産してからのこと——

「痛っ……」

想像しようとすればするほど、それを阻むかのごとく頭が締め付けられる。

……だめだ。痛みが引くまで、やっぱり休もう。

思考を放棄すると、徐々に痛みから解放されていく。

——あぁ、なんだか眠くなってきた。このまま、まどろみに身を任せたい……。

自分が思うよりも、精神的に疲弊していたらしい。瞳を閉じると、あっと言う間に深い眠りに落ちていったのだった。

◆◇◆

「まま！　おきて～まま！」

「ん……」

——小さな女の子の声。身体をゆさゆさと揺らされ、眠りの世界から強制的に引きずり出される。……妙に、お腹が重い。

「あさだよ！　おきてー」

ぱちっと目を開けると、仰向けのお腹の上にツインテールの女の子が跨がっている。

礼佳ちゃんだ。お尻で跳ねるようにして私の反応を窺っている。

「あ、あれ……？　朝……？」

彼女がその場にいることにも驚きつつ、両方とも開いたカーテンから差し込む眩しい光に、もしやと思って訊ねる。

「ままおねぼうさん～。ずーっとずーっとねてたんだよ～」

私を見下ろしながら笑う礼佳ちゃん。ブルーのストライプのTシャツと、裾にフリルのついた黒いパンツ。彼女の服装が変わっていることにも、時間の経過を感じる。

「そ、そうなの……本当だね」

――あのままひと晩眠ってしまったらしい。まさにお寝坊さんだ。

「だからおきるじかん～。おきておきて」

ぴょん、と身体を弾ませながら、私のお腹の上から下りる礼佳ちゃん。私もゆっくりと上体を起こした。

「ぱぱにままがおきたよっておしえてくる～」

「あ、うん……」

うしろ向きでベッドからも下りると、礼佳ちゃんはばたばたと足音を立てながら廊下に出て行く。するとほどなくして、別の足音をひとつ連れて帰ってきた。

「ほら～ままおきたよ～」

「おはよう、礼乃」

礼佳ちゃんに手を引かれた緑川くんが寝室に入ってきて、優しく微笑む。

「お、おはよう……」

スーツ以外の彼の姿を見たのは初めてかもしれない。黒いTシャツとパンツのセットアップ。リラックスなスタイルだけどラフすぎないのがいい。

「夕方起こそうとしたけど、ぐっすりだったから。そのまま寝かせておいたんだ」

「……そうだったんだ。ごめんね」

少しだけ休憩するつもりが、本格的に寝入ってしまうとは。さっそく迷惑をかけてしまったと俯く私に、彼は笑ったまま首を横に振った。

「謝ることじゃないよ。それより、体調はどう？」

「うん……今は、大丈夫」

ゆっくり休めたおかげか頭痛や倦怠感はない。しいて言えば、同じ体勢で寝続けたせいか腰が少し痛い気がするくらいだ。

「そう。少しでも変な感じがしたら教えて。シャワーはどうする？」

「そうだね。できれば借りたい」

首元がじっとりと汗ばんでいることに気付いた。お風呂に入って、さっぱりしたい。

お願いしてみると、緑川くんがおかしそうに噴き出す。

「自分の家なんだから、シャワーくらい自由に使っていいんだよ」

――そうか。まだ自宅という気がしないので、他所にお邪魔している感覚のままだ。

「――礼佳。ママの着替えがある場所忘れちゃったみたいだから、教えてあげて。そのあとは、お風呂の場所も。できるかな？」

緑川くんがしゃがんで、礼佳ちゃんと視線を合わせて訊ねると、彼女は「うん！」と元気よく返事をした。

ひと足早く寝室を出て行く緑川くんを一瞥したあと、礼佳ちゃんが得意げに私を手招く。足元のほうからベッドを降り、備え付けのクローゼットの前に私を連れて行く。

「しかたないな～わすれちゃったの？　おようふくはここ！」

「あ……ありがとう」

扉を開く。クローゼットの半分は私、もう半分は緑川くんのスペースらしい。ハンガーラックに収まる洋服や、下着や靴下、ハンカチなどの入ったチェストがあった。

ここでも見覚えのあるものはなかった。衣類でそんなに長々と取っておくものは稀だろうから、二十三歳までの記憶に重ならないのかもしれない。

「おふろはこっち～」

必要な着替えを抱えると、礼佳ちゃんが私を廊下に促した。そして、向かい側の扉を指し示す。その先が脱衣所を兼ねた洗面スペースだった。壁紙も床も眩いほどに白く、清潔感があって広々とした洗面台の逆サイドに、ドラム式洗濯機。そのさらに向こう側に、バスルームに続く扉がある。

「――ひとりではいれる？」

私のスカートの裾をくいっと引っ張って、礼佳ちゃんが訊ねる。

「うん、大丈夫だよ」

彼女なりに気遣ってくれているらしい。私はくすりと笑ってうなずいた。

「さみしかったらそばにいてあげる」

「ありがとう、本当に大丈夫」

「そ？」

掴んでいたスカートを放すと、彼女が閉まりかけていた扉を押して、廊下に出る。

「――ぱぱとむこうでまってるね」

「うん」

私はリビング・ダイニングに向かう礼佳ちゃんを見送ったあと、扉を閉めた。

シャワーの使い方がわからなかったらどうしよう――なんて一瞬考えたりもしたけ

れど、案外なんとかなるものだ。

シャワーに限らず、日常生活において必要な最低限の知識や習慣は、記憶を取り戻す前から身に付いていた。主治医の先生の話では、パーソナルな記憶部分だけが抜け落ちることはよくあるらしい。

汗と疲れとを洗い流し、脱衣所に出たところで、バスタオルを用意していなかったことに気付いた。なんとなく備え付けのリネン庫を開けると、運よくそこでバスタオルの収納場所を見つけられたのでホッとする。

身体を拭きながら、入る前に確認するべきだった、と思う。でも着替えを用意していたときの私は、漠然と、バスタオルは脱衣所にある気がしていた。

スキンケアをするときも、髪を乾かすときも同様で、さほど悩むことなく必要なアイテムを見つけられたから、この家での記憶は生きているのかも。あるいは、習慣として身体で覚えているとか。

コバルトブルーの半袖のワンピースは、体型を拾わないデザイン。緩く着られるので、家のなかで過ごすにはちょうどいい。脱いだ服を洗濯ネットに入れ、洗濯機に放り込もうとして躊躇する。そのなかには、昨夜脱いだと思われる緑川くんのシャツや下着、礼佳ちゃんの服があったからだ。

――家族なんだから。きっと普通だよね……？

洗濯物を一緒に洗うのはやや抵抗があるけれど、実感がないだけで、彼らは私の家族なのだから、別々に洗うほうがおかしいだろう。私は深呼吸をひとつして、持っていたネットを洗濯機のなかに入れた。

廊下に出てリビング・ダイニングの扉を開けると、ダイニングテーブルの向かいのキッチンスペースに、緑川くんの姿が見えた。

「礼乃、シャワーは問題なく使えた？」

「う、うん――って、えっ……？」

コンロの前に立つ緑川くんは、クリーム色の無地のエプロンを身に着け、慣れた手つきでフライパンを振っている。焦げたケチャップの匂いがふわりと漂う。

「どうしたの？」

立ち尽くす私に気付いた彼が、コンロの前から呼びかけてくる。

「緑川くん、なにしてるの？」

「見ての通り昼食を作ってるよ。少し早いけど、礼乃はお腹すいてるんじゃない？」

「あ、あなた料理なんてできるの？」

――信じられない。私はつい声を張り上げて続ける。

「料理は苦手だったじゃない。『家事の一切を担ってくれる女性と結婚する』とか言って、上達する気もなさそうだったし」

「それ、いつの話？」

彼は笑い飛ばしたあとに短く訊ねた。私は頭をフル回転させ、記憶を遡る。

「大学二年……ううん、三年のゼミ合宿、かな？　ほら、キャンプに行った」

「ああ、確か三年だ。ま、そのころとは違うから。安心して。……おーい、礼佳」

彼はコンロの火を止めてフライパンを下ろすと、リビングスペースにいるらしい礼佳ちゃんを呼んだ。彼女はテレビの前に置かれたソファでアニメを見ていた。

「なーに？」

「お手伝いしてくれる？　ママにおいしいご飯作ってあげよう。エプロンして」

軽くキッチンのほうを振り返って、返事をする礼佳ちゃん。緑川くんの提案に、ソファからぴょんと飛び降りた。

「つくるつくるー！」

楽しそうに言いながら、小走りにキッチンへとやって来た彼女は、奥にある冷蔵庫の横にかけてある、フリルのついた薄いピンク色のエプロンを被って装着した。

その間に、緑川くんがキッチンの隅から踏み台を出し、シンクのとなりの作業台の下に置く。礼佳ちゃんは、その台にすんなりと乗った。

「パパはトマト切るから、礼佳はチーズ切ってくれる？」

引き出しから、柄がピンク色の包丁を取り出した緑川くん。同じ色の小さなまな板と一緒に礼佳ちゃんの前に差し出し、半分に切ったモッツァレラチーズを置いた。

「うん！　わかったー！」

次いで、自身用に木製のどっしりとした半円型のまな板と万能包丁を出し、ストレーナーのなかのトマトを手に取る。

「え、子どもに包丁握らせるの？　大丈夫？」

当たり前のように礼佳ちゃんに食材を切らせようとするので、ぎょっとした。指を切ってしまうんじゃないか。そんな不安が過ったのだ。

けれど緑川くんは、まな板の上のトマトに視線を注いだまま、なんのことはないとでも言いたげに微かに声を立てて笑った。

「丸刃だから柔らかいものしか切れないけど、普段からお手伝いしてくれてるんだ。そうだよね、礼佳？」

「おてつだいすきっ。おねーさんになったから」

礼佳ちゃんは得意げにチーズをまな板の真ん中に置いて、包丁を握る。

「いい？　これくらいずつ切って。同じくらいに切るんだよ」

　これくらい――と緑川くんが指先で幅を作ってみせると、礼佳ちゃんは「はぁい」とうなずいた。……本当に大丈夫なんだろうか。まだ三歳なのに？

「これはー……ぱぱのぶん～。で、これはー……ままのぶんでしょ～。これがあやのぶん～……」

　私の心配をよそに、彼女は怖がることなく包丁をチーズの端に当て、同じくらいの幅に切っていく。だいたい五ミリ、ないし一センチ。やはりサイズは揃わないけれど、三歳の子が切ったとすれば上出来だ。

「こんな小さな子でもお手伝いできるんだ」

――目からうろこだ。料理に携わるのなんて、まだまだ先だろうと思ってたから。

「むしろ礼乃のほうが熱心にさせてたけどね。『料理上手にしてあげたいから』って」

　軽快にトマトを輪切りにしつつ緑川くんが言う。会話しながらも、視線は礼佳ちゃんの手元に注がれていた。危険は少ないとわかっていても、十分に注意を払っている。

「……そう」

　子どもを料理上手にしたい気持ちには共感できる。なぜなら、私もかつて料理が苦手だったからだ。自分の経験を踏まえての教育方針だったのかもしれない。

「きれたよ～」

礼佳ちゃんが包丁を置いて言う。

「うん、さすが礼佳。上手だね」

「ままみて～、ちゃんときれた」

となりのパパに絶賛されてご満悦の礼佳ちゃんが、今度は私を手招きして言った。

手元が見えるまで近寄ってみる。半分のチーズをさらに四切れに分けること二回分。

計八切れのチーズがピンクのまな板に載っている。

「そうだね、すごいね」

私が褒めると、礼佳ちゃんはうれしそうに「えへへ」と笑った。

「ままがげんきになるまで、かわりにあやがおりょうりするからね」

「ありがとう」

胸を叩いたりして頼もしい。小さなシェフのしぐさが愛らしくて、私は笑った。

「あとはパパがやるから、お手々洗ったらママと向こうで待ってて」

「はぁい」

言われた通りにシンクで手を洗い、そばにかけてあったタオルで拭いたあと、彼女
は私のワンピースの裾を引っ張ってリビングのほうに促した。

「ままいこっ」

「ごめん、少しだけ相手してあげて」

緑川くんのすまなそうな声が背後から聞こえてきたのでうなずく。子どもの相手ってほとんどしたことないけど、大丈夫だろうか。

「まま、あそぼ」

リビングスペースには子ども用のキッチンセット、絵本棚、ぬいぐるみなどの小物を収納したバスケットが置かれ、空間を区切るようにフロアマットが敷かれている。

その中心に先に座ったのは礼佳ちゃん。私も彼女に指示されるまま、となりに座る。

昨日もぼんやり思っていたけれど、ここにはたくさんおもちゃがある。

「礼佳ちゃんは……最近は、なにして遊ぶのが好きなんだっけ？」

子どものいる生活ってこんな感じなのか、と考えながら、礼佳ちゃんに訊ねてみる。

「ん～……ぷりんせすごっこもすきだし～、おえかきもすきだし～……いっぱい」

「そう、いっぱいなんだ」

バスケットのなかには、プリンセスごっこに使うだろうと思われるティアラや、お絵描き帳、クレヨンなども入っている。

「これ全部礼佳ちゃんのおもちゃ？」

「うん！」

「かわいいね。……このバッグ。礼佳ちゃんの？」

バスケットのなかに、プラスチック素材のバッグを見つけた。持ち手の部分がパールを連ねたようなデザインで、丸みのあるフォルム。プラスチック部分は透けたピンクでラメ加工がされていてかわいい。いかにも子どもが目を輝かせそうなアイテムだ。

「あやのだいじがはいってるでしょ」

「そうだったっけ。なか、見てもいい？」

記憶を失う前の私なら当たり前に知っていることを訊いたせいか、いつもにこにこの彼女がちょっとムッとしている。私は咄嗟にとぼけて訊ねる。

「しかたないな～、いいよ」

まるで「特別だよ」とでも言いたげに、バッグを差し出してくれた。なかにはプラスチックの石のついたハート型のペンダントや指輪が数種類、ハムスターの編みぐるみ、マカロン形のスクイーズなどが入っていた。おそらく、持っているおもちゃのなかでも特にお気に入りのものたち。

――さすがは女の子。きらきらしたものやかわいいものを集めるのが好きなんだ。

「かわいいね」

「でしょ～」

私の言葉に気をよくした彼女が、それぞれどういうものなのかを教えてくれる。

「はーとのかたちでかわいいの～」とか、「はむちゃんってなまえなの～」とか。一生懸命伝えようとしてくれる姿を素直にかわいらしいと思った。

よく見ると、数ある一軍のおもちゃのなかにひとつだけ異質なものが入っている。黒いベルベットの布地でできた手のひらサイズの袋。なかになにかが入っていそうだ。確かめたくて手を伸ばす、と――

「だめ！」

私の手を払いのけ、礼佳ちゃんがその袋をぎゅっと握りしめる。

「これあやのっ。だれもとっちゃやだ」

「あ、別に横取りしたりはしないけど……」

よほど気に入っているのか、首を横に振って放そうとしない。

……困ったな、そういうつもりじゃなかったんだけど。

「ふたりとも、お待たせ。できたよ」

ちょうどいいタイミングで、緑川くんから声がかかる。するとコロッと礼佳ちゃんの機嫌が直り、飛び跳ねて立ち上がる。

「やったぁ～。まま、ごはんたべよっ」

「うん」

困ったところだったので助かった。ダイニングテーブルに向かう彼女のあとを追う。

「……おいしそう」

テーブルに並んだ料理を見て、お世辞ではなく、自然に感想がこぼれた。

薄いオレンジのランチョンマットの上には、白い楕円形の器に入ったオムライス。ふわとろの卵の上に赤いケチャップがたっぷりかかっている。

付け合わせはカプレーゼ。さっき礼佳ちゃんと作っていたものだ。輪切りのトマトとモッツァレラチーズの上に、塩コショウとオリーブオイル、そして刻んだバジルのシンプルな組み合わせ。

「そう？　作ったあとでトマトが被ったって気付いたんだけどね。いつもの礼乃になら怒られてるかも」

「そんなの全然。……すごい、洋食屋さんに来たみたい」

緑川くんはミスをしたとでも言いたげに苦笑したけれど、食材の重複なんてまったく気にならない。感動のあまり立ち尽くしたまま料理を見つめていると、彼はエプロンを脱ぎ、椅子にかけながらおかしそうに笑った。

「大げさだな。これくらいなら、お安い御用だよ。……座って、礼佳も」

「はぁ～い」

緑川家では横並びで食事をするらしい。中央の席には子ども用のスプーンやフォーク、食器が置かれている。礼佳ちゃんの席だろう。彼女を私と緑川くんで挟む形だ。

緑川くんに勧められたのは、礼佳ちゃんの左どなり。私の定位置はここなのかもしれない。みんな席につくと、緑川くんが礼佳ちゃんの肩をトントンと叩いた。

「じゃあ、いただきますしよう」

「はーい。いただきますっ」

礼佳ちゃんの号令で手を合わせてから、まずはフォークを取ってカプレーゼを口に運んだ。それからスプーンに持ち変えてオムライスを頬張る。

「……おいしい」

「ぱぱのごはんおいしいね～」

私がこぼした言葉に、礼佳ちゃんも同調する。

「よろこんでもらえてよかったよ」

「本当においしいよ。びっくりしてる」

カプレーゼは塩味とオリーブオイルのバランスがちょうどいいし、オムライスは卵がほどよい半熟具合。チキンライスの味付けも絶妙だ。こんなにおいしい食事を毎日のように食べていたかもしれないなんて、私って恵まれていたのかも。

「——それにしても、いったいどういう心境の変化？　大学生のころは、覚える気なんてさらさらないって感じだったのに」

「……ああ、そうだったね」

礼佳ちゃん越しに彼の横顔に問いかける。と、緑川くんも当時の自分を思い出しているのか、ちょっと遠くを見つめてうなずく。

彼の場合、料理をしなければならない理由はないはずだ。御曹司ゆえに自炊して生活費を切り詰める必要はないし、バランスのいい食事を求めるにしても、調達する方法はいくらでもありそうだ。

「……でも、料理を覚えなきゃ好きな人に振り向いてもらえそうになかったから」

「えっ？」

「ほら、さっき話題に出た三年のゼミ合宿だよ。俺と礼乃が同じ班でカレー作ったとき、なんの話してたか覚えてる？」

「もちろん。お互い野菜の切り方が下手すぎて、文句言い合ってたよね」

なにせ、私が料理を覚えようと思ったきっかけだったのだから。私がうなずく。

実家に住んでいた当時、不在がちな両親が雇ったお手伝いさんが食事を作ってくれていたため、料理のスキルはゼロ。大学生になるまでは卵すらまともに割れないくらいひどかった。

一念発起して料理をし始めたのは、その三年のゼミ合宿でカレーを作ったとき。あまりに包丁を扱えないさまを、緑川くんにからかわれたのが悔しかったからだ。周りの女友達も、話題にしないだけで家ではそれなりに料理をしているというのを知り、急に恥ずかしくなったのもある。

一方で、彼の包丁裁きもかなり危なっかしいものだった。彼もまた料理の習慣がなかったのだろう。

五十歩百歩のくせして、私たちはお互いに、なにか言ってやらなければ気が済まなかった。私がジャガイモの切り方が変だと指摘したあと『彼女に料理を作ってほしいとねだられたらどうするの？』という主旨の問いかけをしたら、彼が『そもそも家事の一切を担ってくれる女性を選ぶ』と言い切った。

丁寧に記憶を辿ってみると、当時の光景が蘇る。キャンプ場に降り注ぐ陽の光の熱さも、炊事場の騒々しさも、時折吹く生温かい風も。昨日のことみたいに鮮明に。

「あのとき礼乃が『料理上手な男の人と結婚する』って言ったのがずっと頭から離れ

なくて。……それで、やってみようかなって気持ちになったんだよね」

それは彼にニンジンの切り方を揶揄されたとき、勢い任せに出た台詞だ。私は軽く目を瞠った。

「まずは料理本で基本を頭に叩き込んで、四年になって時間ができてからはカフェの厨房のバイトして……社会人になるころには得意って言えるくらいにまでなったよ」

自身のオムライスを口に運ぶ合間に、礼佳ちゃんの口元についたケチャップをウェットティッシュで拭ったりしながら、緑川くんが言った。

「……知らなかった。いつの間に」

少なくとも私の持っている記憶には、彼の料理が上達したというエピソードはないから、私にはしばらく秘密にしていたに違いない。

「こういうのって、できないと思ってたら実は……っていうほうがポイント高いよね。だから、実際に礼乃に披露する機会ができるまでは内緒にしといたんだ」

「それを知った私、驚いてたでしょ？」

「うん、すごく。作戦成功だった」

そのときの様子を思い出したのか、緑川くんがいたずらっぽく笑った。

多分、今よりもずっと大げさに驚いただろう。独身の、しかも自炊の習慣がないであろう男性が、隠れて料理の腕を上げていたのだと知ったら。

「あれ？　でも待って……えっ……それって――？」

私が『料理のできる男性としか結婚しない』と言った言葉を受け入れ、その条件に合うように努力してくれた。それはつまり――緑川くんはあのころ、私を好きだった、ということになるんだけど……？

「今さら？」

私が言わんとすることに気付いた彼が、小首を傾げる。

――えっ、うそでしょ？　本当に？　私たち、あんなにケンカしてたのに？

よほど間抜けな表情をしていたのか、緑川くんは私を見つめ、オムライスを噴き出しそうになるのをこらえていた。でも、不意に真面目な顔つきになる。

「学生のころは気恥ずかしくて言えなかったけど、ずっと礼乃が好きだったんだ」

緑川くんが真剣な眼差しで私を見つめる。言葉以上の想いが、その瞳に込められているような気がして、胸が甘く締め付けられる心地がした。

まだ学生だったのに、結婚を意識するくらい……私を想ってくれていたってことだ。

冗談交じりに気のあるそぶりを見せられたことはあるけれど、当時はからかわれているだけだと思っていたので、意外も意外――びっくり、だ。

「ねーねーなんのおはなししてるのー？　おはなしやめてー」

僅かに空いた間を埋めるように、それまで食事に没頭していた礼佳ちゃんが会話に交ざってきた。ふたりだけで話しているのが面白くないのかもしれない。

「ごめんごめん。ママが帰ってきてくれたから、うれしくてつい話し込んじゃった」

胸のドキドキで動揺しきりの私に対し、緑川くんは余裕の笑みを見せつつ空いている左手で礼佳ちゃんの頭をふわりと撫でる。

「あやもぱぱとままとおはなしするのー」

「そうだね。でももう少し食べてからにしよう。まだこっちのお皿全然食べてないよ」

緑川くんがカプレーゼの入った小皿を礼佳ちゃんに示した。

「とまと、ちーず、たべる～」

右手に構えるのをフォークに変えると、彼女はトマトを刺して口に放り込んだ。しばらくして飲み込むと、私のスプーンが止まっていることに気が付く。

「ままもおむらいす、ちゃんとたべるんだよっ」

「食べてるよ。ありがとう」

ちょっと先輩風を吹かせたそのしぐさがキュートで、顔が綻んだ。

勧められるがまま、またオムライスを口に運ぶ。やっぱりおいしい。咀嚼して、飲み込むたびにお腹だけでなく心まで満たされていく感じがするのは、どうしてだろう。

「礼乃も、あのときよりかなり料理が上達したよね」

「私も緑川くんと同じ。あのキャンプのあとから、料理を勉強するようになったんだ」

きっと彼はすでに知っているのだろうけれど――いつか見返してやると誓いを立て、お手伝いさんに料理の基礎から教えてもらった結果、卒業までにカレーやチャーハン、ハンバーグなどの比較的簡単なメニューをいくつかマスターできた。そういう意味では、緑川くんのおかげと言えそうだ。

「おかげでうちの家庭は上手く回ってるよ」

この家はお手伝いさんがいるわけではないようだし、共働きならふたりとも料理ができたほうが都合がいい。あのときの努力が今に活きているみたいで、なによりだ。

「ままのおりょうりもおいしいね～。かれーだいすき～」

「うん、おいしいね」

チーズを齧りながら礼佳ちゃんが言うと、緑川くんが同調する。

とても穏やかな気分だった。休日の昼。家族揃って手作りのおいしい昼食。食卓には笑顔が咲いて、温かな空気に包まれている。

「……こういうの、なんかいいな」

昼から素直な感情がこぼれた。幸せって、こういうことを言うのだと思う。私は今、長いこと憧れていた幸せを頬張っているのだ。

「前にもそう言ってたことがあったよ」

夫である緑川くんには、ずっと胸の奥にしまっていた切望を打ち明けていたらしい。

「――じゃあそのときも言ったかもしれないけど。……私、こういう家庭の味とか、温かさみたいなのがずっと羨ましくて」

記憶が戻る前、両親が初日を除いて片方ずつやってくるのが疑問だった。すべてを忘れている私に圧迫感を与えないためだと解釈したけれど――違った。彼らは、ふたりでいる時間を極力作らないようにしていたのだ。

うちの両親は昔から仲が悪かった。私の幼少期にはすでに夫婦としての関係は終わっていたのに、子どもである私の存在や世間体を理由に離婚を踏み留まっていた。私の前ではケンカはしないように努めてくれたけれど、夜、眠れなくて一階に下りたとき、言い争うところに出くわしたのは、一度や二度じゃなかった。

父は多忙ゆえにほとんど家におらず、母も週に二、三度は会食やら接待やらで帰りが遅い。私の身の回りの世話は、お手伝いさんの仕事だった。

お手伝いさんは料理上手で、私の好物をなんでも作ってくれたけれど、家庭の味とは思えなかった。私のなかでそれは、家族みんなで食卓を囲んだときに得られるものという認識があったから。

他人と比べて金銭面や物質面で恵まれていたのに、手に入らないものがあった。両親のことはそれぞれ好きだし、大切に思っているけれど、家庭の味と温もりは、長い間求めて止まないものだ。

「——だから体験できてうれしい」

この環境にはまだ戸惑っているけれど……それでも、こんな風に心が休まる食事風景を得られていたのは、単純にうれしかった。

「これからはいつでも体験できるよ」

優しい声音で緑川くんが言った。まるで、これからもこの場所を守り続けていくよ、と宣言するみたいに。

「……あなたがそんな風に優しいと、調子狂っちゃう。別の人と話してるみたい」

彼との記憶は、言い合いをしているものがほとんど。なのに、そんな温かい言葉をかけられると、この記憶が正しいのかどうか自信がなくなってくる。

「礼乃のなかの俺ってそんなにひどかったっけ？」

「いつもからかわれてばっかりで、苦手だった」

きっぱりと言うと、彼はおかしそうに声を立てて笑った。

「それも礼乃本人から聞いて知ってはいたけど、改めて言われると悲しいものがあるな。俺の愛情表現が伝わってなかったってことだよね」

「あれって愛情表現……だったのかな」

彼とやり取りをいくつか思い浮かべてみるけれど――決してそうは思えなかった。愛情表現って、好意を示すためのものじゃないっけ……？

「礼乃の表裏なくてまっすぐなところ、かわいいなって思ってたよ」

「た……単純なところって、前に言ってたの覚えてるよ」

「うん、そういうところ」

「もうっ！」

――どうせ私は単純ですよ。こういう揶揄はあのころから聞き飽きているのに、「かわいい」と言われて意識してしまう自分の安直さに、進歩がないなと思う。

「ま、こういうやり取りも、昔に戻ったみたいで懐かしいかも」

緑川くんも同じ風に思ったらしい。当時を思い出すみたいにして、瞳を細めた。

「おはなししないで！　あと、けんかはめっ、だよ！」

「あっ、そうだね。ごめんねっ」

「ごめん、ごめん」

また礼佳ちゃんを置いてきぼりに会話を勧めてしまった。ムッと口をへの字に曲げて怒る彼女に、私たちはふたりして謝った。

「はい、なかなおり～」

礼佳ちゃんはフォークをお皿に置くと、私の右手をトントンと叩いた。促されるままスプーンをお皿に置くと、礼佳ちゃんの小さな膝の上で私の右手が、緑川くんの左手の上に重なる。……彼の手の温かな温もりに、また心臓がどきんと跳ねた。

「――礼佳、安心して。こういうケンカは、仲良くないとできないんだ」

同意を得るように、緑川くんが視線で私に問いかけてくる。

「うん。……そうだね」

彼の言う通りだ。リラックスできているからこそ、ポンポンと言葉の応酬ができていて、小気味よさすら感じている。

――彼とのやり取りを、こんな風に心地よく感じる日が来るなんて。

私は右手の温もりに安心感を覚えつつ、ちょっとくすぐったい気持ちでうなずいた。

久しぶりの賑やかな食事は、ことのほか心が温まる時間だった。

■□■

食事を作ってもらったのだからせめて洗い物はしたい――と言う礼乃に無理させたくなくて、丁重にお断りした。今は作った料理をおいしく食べてくれるだけで十分だ。彼女には寝室でひと休みするよう勧めた。病院からも徐々に普段の生活に戻るようにと指導されている。急ぐ必要はない。ゆっくり馴染んでいってもらおう。

ママと遊びたい礼佳には少し我慢してもらい、リビングスペースでアニメを見てもらっている。あとで近所の公園に連れて行けば、すぐに機嫌を直してくれるはずだ。

食洗機に入れる前の予洗いをしつつ、食事中に礼乃と交わした会話を思い出す。

そう、大学三年のキャンプ。俺はあのときはっきりと、礼乃に対する自分の気持ちに気が付いたんだ――

三年のゼミ合宿は某キャンプ場で行った。『キャンプ場でのビジネスモデルの種を探す』というテーマだったけれどそれは建前で、教授が単にアウトドア好きだからだろう、とみんなで話していたっけ。

キャンプ場の炊事場には水道や作業台があり、ゼミの学生たちはここで材料の皮を剥いたり、切ったりしたあと、各自のテントのそばに設置したカセットコンロで調理する流れになっている。

「ね、礼乃～。ニンジン切れた？」

炊事場の作業台の一角でジャガイモの皮を剥いていると、となりの作業台で、桂川沙知が待ち切れないとばかりに訊ねた。

「待って。この包丁切りづらくない？　いや、逆にこのニンジンが硬すぎるの？」

桂川さんのすぐ横、キャンプ場の古びた貸しまな板でニンジンと格闘しているのが一色礼乃。邪魔にならないよう、艶やかな長い黒髪をひとつに束ねた彼女が、情けない声を出して猶予を乞う。

「丁寧に手入れしてるとは言いにくいけど、普通だと思うよ」

「そっか……」

桂川さんの苦笑いから察するに、原因は包丁でもニンジンでもなく、一色さん自身にあるようだ。横目で覗くと、包丁裁きはいかにも慣れていなくて、ぎこちない。

――包丁のせいにするとは、一色さんらしいな。

「っていうか持ち方変じゃない？　それじゃ力入んないよ」

「えっ、やだ本当？」

長い爪の割りに手際のいい桂川さんに突っ込まれて、一色さんが慌てる。

「――あ、でも見て。緑川くんも礼乃に負けず劣らず、まぁまぁひどい持ち方」

内心で笑っていると、桂川さんが声を潜めてそう言ったのが聞こえた。

本人に聞こえる陰口は、ただの悪口だ。以前にも似たようなことがあったと思いつつ、料理が不得手なのは自覚しているから、反論する気も起きない。

「なんの因果で同じ班なんかに……」

一色さんも恨めしそうにこちらへ視線をくれ、嘆息して言った。

キャンプの班は四人一組。二人組を組んだあとにくじ引きをして、となり同士の番号で班を作ることになった。俺にとってはこれ以上ない幸運だったけれど、一色さんとしては望まぬ結果だったみたいだ。

「とか言って、ふたりとも仲いいじゃん。すれ違いざまに軽口叩き合ったりして」

「やめてよ。そんなんじゃないってば」

冗談じゃないという風に、一色さんが包丁を置いて声を荒らげる。

植物園での一件以降、俺たちは水と油のように反発し合う関係になっていた。顔を合わせれば軽口を叩き合い、嫌味や皮肉の応酬をする。

一色さんの反応から察するに、本気で俺と関わりたくないのだろう。それなのに俺は彼女を挑発し、怒らせるよう仕向けている。理由はたったひとつ。

──彼女のことが、好きだから。

最初はただの「ライバル企業のひとり娘」に過ぎなかった。同じゼミの友人が、彼女が北園百貨店の一色礼乃だと教えてくれたときに、親近感を覚えた。丸屋と北園は日本を代表する二大百貨店だ。その一族の子どもが同じ大学の同じ学年にいるとなれば、いやでも意識してしまう。

まともに会話をしたのは件の植物園のとき。言いがかり同然で悪口を言われて腹が立ったけれど、同時に、一本気で裏表のない正直な人だとわかった。

それまで女子という生き物は、見た目も性格も取り繕う人が大多数というイメージだった。ふたりきりになると、同性同士のときとは違う猫なで声を出したり、好意をアピールするみたいに身体に触れてきたり。男友達には羨ましがられたけれど、それは自分が好意を持っている女性からのアピールならの話で、なんとも思っていない人ならばノーサンキューだ。これは、俺に限った話ではないだろう。

たまにいいなと思う子がいても、長くは続かなかった。俺の前で、必要以上に自分をよく見せようとしていることに気付いてしまったり、あるいは俺自身ではなく、俺のステータスと向き合っているようなタイプであると知ってしまったり。

でも一色さんは違った。彼女はいつも『一色礼乃』のままだ。彼女のリアクションは常に気持ちいいほど純然で飾らない。そこが面白くて、俺はいつの間にか彼女と話すのが楽しみになっていた。

入り口が戯言《たわごと》の応酬だったために、進展がないまま気が付けば三年生になった。もっと踏み込んだ関係になりたかったけれど、こうなってしまったらきっかけがなければ難しいし、そもそも一色さんは俺のことをよく思っていない。

「そうだね。一色さんがもう少しおしとやかだったら、考えなくもないけど」

俺は砕くようにジャガイモを切る手を止め、からかうように言った。

――だから不本意だけど、こういう関わり方しか思いつかないんだ。俺は。

「なにそれ、どういう意味っ？」

「あっ、ごめん、聞こえてた？」

想い人が不服そうに口を尖らせる。そして、まさか俺の耳に届いているとは思っていなかったらしい桂川さんは、ちっとも悪いとは思ってなさそうな口調で訊ねたあと、

「あはは」と笑った。それから。

「――ジャガイモ、そろそろ切れそう？」

俺の作業台のほうへやってきて、桂川さんが進捗を確認する。うちの班は料理をよくするという彼女の指示で、俺はジャガイモ、一色さんはニンジンのカットをしている。俺は「うん」とうなずいた。

「……もうちょっときれいに剥いたほうがいいんじゃない？」

辛辣に言ったのは一色さんだ。彼女との距離は二メートル程度で、食材の状態を確認できる位置関係。まな板の上のジャガイモは、ピーラーを上手く使えなかったせいで、彼女の指摘通り表面の皮が残っている部分が多い。切った形もいびつだ。

「わかってる。そうするつもりだったけど」

妙に焦った口調になってしまう自分がダサいと思いつつ――でも好きな人の前では、ある程度はカッコつけたいものだ。

「なんでもソツなくこなしそうなのに、あなたにも苦手なことってあるんだね」

不揃いのジャガイモを見つめながら、一色さんが不思議そうに言った。

彼女にとって俺はどういう男に映っているのだろう。でも今の台詞を聞く限り、悪くは思われていなさそうで少しだけ安心する。

「緑川くんは要領よさそうだから、料理はすぐに上達しそう」

「……別に。できないことがコンプレックスなわけじゃないし、覚えようって気もないから」

桂川さんはフォローするつもりで言ってくれたのだろうけれど、正直、そこまで気にしてはいなかった。誰にでも得手不得手はあるし、絶対に料理をしなければいけない環境というのを、今は思いつかない。

「彼女に『作って～』って言われたらどうするの？」

一色さんがふざけた口調で訊ねる。……俺を異性として少しも意識していないような物言いが面白くない。表情に出さないようにしながら、俺は首を横に振った。

「そんなこと言ってこない相手と付き合うからいい。むしろ、家事の一切を担ってくれる子を選んで、結婚するよ」

「ふーん、ずいぶん強気な条件だね」

もちろん、本気でそう思っているわけではなかった。やや不快そうに眉を顰める一色さんに対し、横の桂川さんが大きくうなずく。

「緑川くんが言うと強気に聞こえないんだよね。緑川くんのためならなんでもするって子、いっぱいいそうだし」

「……うう、確かに」

桂川さんの言う通り、なんでも言うことを聞いてくれそうな女性は何人も頭に浮かぶけれど、うれしいとは思わない。……好きな人が相手でなければ。

俺は、悔しそうに唇を噛む好きな人の手元を覗き込む。

「一色さんこそ、そのニンジン、ずいぶん個性的な切り方だけど」

「ぐっ……」

痛いところを突かれたとばかりに、彼女が小さく唸った。輪切りにしたニンジンを四等分したいのだろうけれど、上手くできずに大きさがまばらだ。

少なくとも野菜を切ることに関しては、俺たちはどんぐりの背比べだろう。彼女も決して他人のこと言えたレベルではない。

「そうなんだよね～、礼乃も料理苦手みたいで」

「ちょ、ちょっと沙知！」

桂川さんが楽しそうに笑う。

「へぇ、そうなんだ」

――やっぱり。そんな気がしていた。

俺は気の毒なニンジンから、ちょっと慌てた顔をしている彼女に視線を移す。

「な、なに？　なんか文句ある？」

「いや。でも質問を返すようだけど、付き合った男に『作って』って言われたらどうするの？」

この問いに、特に深い意味はなかった。もしかしたら、俺自身も料理ができないから「『作って』って言われたら覚える」とか、そういう返事を期待していたのかもしれない。まだ付き合ってもいないくせに。……ところが。

「わ……私もそんなこと言ってくるような男は願い下げだもん。よろこんで料理を担当してくれる人と結婚するから、ご心配なく」

意外な返答に、密かに動揺した。これはつまり、料理ができなければ恋愛対象に入らないと宣言されたのと同じだ。

……今の俺では、スタートラインにも立てない、というわけか。

「……そういう相手が見つかれば、だけどね」

勝手に自分自身を否定された気になった俺は、そう反論するのが精いっぱいだった。

「どういう意味？」

「一色さんって気が強いし無駄に突っかかってくるから、ただでさえ相手を選ぶでしょ。そのうえでさらに条件を乗せるのは、自分の首絞めることになると思うから、やめたほうがいいんじゃない？」

はっきりしている性格ではあるものの、彼女がほとんどの人に対してそうではないことを知っていても、言わずにはいられなかった。他の男のことなんて見ないでほしい。その一心で。

「なによそれ、失礼だな」

カチンとくるのも無理はない。一色さんは瞬間的に強い語気で言い返してきたけれど、意識的にひとつ深呼吸をしてから、再度口を開いた。

「——ご心配なく。そんな私でもいいって言ってくれる人もいるし、なにも問題ないの」

——どういう意味だ？……まさか、彼氏？

またしても想定外の返答。俺はたまらず、手にしていた包丁をまな板の上に置いて、彼女の作業台に向かった。

「へー、そうなんだ」

平静を装った声が、微かに震えていると気付かないでほしい。一色さんと角を挟んだとなりに立つと、彼女の顔を覗き込む。

「——知らなかった。彼氏いるんだ。うちの大学なの？」

「っ……」

彼女の瞳が見開かれ、細かく揺れる。

「妬けるな。教えてよ、どんな男？」

敢えて耳元で、真剣にそう囁いた。ただ単に本音がもれ出てしまった感もありつつ、初心で素直な彼女に、異性としての俺を印象付けたかったからでもある。

彼氏がいるなんて話、聞いてない。一色さんは美人だし、狙っている男がいてもおかしくはないけど……。

ほんの少しの間、彼女は赤い顔でぼうっと俺を見つめていた。でも。

「……や、やめてよ。そうやってからかわれるの嫌いだって言ったでしょ」

すぐに小刻みに首を横に振って、口を尖らせた。

「からかってない。前に言ったの覚えてない？　一色さんみたいなタイプ好きだって」

「そういう冗談を言って本気にした私を馬鹿にしたときでしょ？　よく覚えてるよ。あれ以来、緑川くんの言うことっていまいち信用できないから」

一年のころのゼミ合宿で、俺と彼女が初めてちゃんと会話をしたあのとき。最初のひと言こそただの揶揄だったけれど、今ではすっかり一色さんの虜だ。彼女には、まったく伝わっていないのが寂しい。

「今からでも一色さんの信頼を取り戻せる？　好きな人にそんな風に思われてるのはつらいな」

――どうしたらこの気持ちが届くのだろう。……こんなに好きなのに。

さらに熱っぽい言葉を紡ぐと、ただでさえ赤かった一色さんの顔が真っ赤になる。

「……ま、またそういうこと言うっ……！　さすがにもう信じないからっ」

「強がってる割りには、顔真っ赤だよ」

信じないと断言する割りに、表情から、言葉の震えから、うろたえているのが伝わってくる。

「っ……！」

図星を突かれたとばかりに、彼女が恥ずかしそうに息を詰まらせた。

――かわいい。照れてる。ちゃんと俺のことを意識してくれているのかもしれない。

「一色さんって本当に面白いよね。付き合ったら毎日楽しそう」

桂川さんや周囲の学生の目なんて気にならないくらい、一色さんに夢中だった。俺はやや上体を屈ませ、ともすればキスだってできそうな距離まで顔を近づけた。

「家同士のこと考えても、悪い話じゃなさそうだよね。どうする？　本当に付き合っちゃう？」

うちの親も北園のことをいい企業、いいライバルだと思っているから、もし俺と一色さんが恋人同士になったら歓迎してくれるだろう。毎日、これくらい間近に彼女を見つめられる関係になれたら、どんなに幸せか。

きちんとお付き合いできたなら、今までみたいな、ケンカ友達みたいな関係を払拭できる自信がある。いつもは軽口の応酬ばかりだけど、俺がどれだけ一色さんを好きか、大事に思っているか……恥ずかしがらずに伝えると決めているんだ。

冗談でもいいから「いいよ」と言ってくれないだろうか。そうしたら、俺ももう少し素直にアプローチできるかもしれないのに――

「～～～っ……私、向こうで切って来るっ！」

「あっ、ちょっと－！　礼乃ってば－！」

この場に留まっていることすら恥ずかしくなってしまったのだろう。俺の願いも空しく、一色さんはあたふたしながらまな板を抱え、素早く俺の横をすり抜けていく。

彼女の後ろ姿に、桂川さんが言葉を投げかけるけれど、一色さんはいちばん奥の作業台に移り、危なっかしい手つきでまたニンジンを切り始めた。

「あの、緑川くん」

その不器用な姿を見つめていると自然と笑みがこぼれた。刹那、桂川さんが声をかけてくる。……そうだった。俺にもまだ仕事が残っていた。

「うん、早く切るよ」

「ううん、そうじゃなくて」

てっきり急かされているのだと思っていた俺は、「え」と小さく発して桂川さんの顔を見つめた。少し少女のようなあどけなさの残る一色さんに比べて、落ち着いていて涼しげな顔立ちの彼女の真顔は、ともすると冷たい印象すら覚える。

「――礼乃のこと、本当はどう思ってるの？」

「どうって？」

「私はなんとなく気付いてるつもりだよ。……礼乃のこと、好きなんだよね？」

彼女は周囲を気遣って声を潜めていたから、聞こえないふりをしたり、はぐらかしたりもできたのだろうけれど、訊ねる声には、とてもそうはできない響きが込められている。驚きにより生じた空白のあと、彼女がさらに続ける。

「見てればわかるよ。礼乃と話してるとき、楽しそうだもん。さっきだって、ただからかったわけじゃなくて、礼乃に彼氏がいるかもって嫉妬したんだよね？　でも安心して。去年別れてからはいないから」

「……そうなんだ」

ホッとしてつぶやく俺に、桂川さんが表情を引き締めて続けた。

「でもやり方がよくないよ。礼乃は鈍いから、今の接し方だと永遠に気が付かないと思う。好意があるならあるって正面から伝えないと」

「……わかってる」

——そんなのわかってる。伝わりづらいし、スマートじゃない。

一色さんのそばにいる桂川さんだからこそ説得力があるけれど、思うだけですぐに行動を改められるならどんなにいいか。

男性に対して奥手なところがある一色さんなので、どこか安心してしまっていたのだけど、さっき彼氏の存在を匂わされて、柄にもなく焦ってしまった。

……でも、今はいないと聞けて安心だ。とはいえ、知らない間に彼女と付き合っていた男がいると知ったのは複雑。その男のことがたまらなく羨ましいし、恨めしい。

俺が黙って俯いていると、桂川さんが「仕方ないな」とでも言いたげに息を吐いた。

それから、口角を上げて笑う。

「ま、でも緑川くんは見る目あるよ。礼乃はいい子だからね。……本気出すって言うなら、応援してあげてもいいよ」

「心強いよ。……全部切り終えたら、桂川さんのところに持っていけばいい？」

「うん、よろしく」

俺は彼女に短く返事をすると、その場で再びジャガイモを切り始める。桂川さんは、一色さんの様子を見に行ったみたいだった。

そう、わかってる。好きなら好きだと、さっさと伝えるべきなのだ。

だけど、下手に動いてもっと嫌われるのは、さすがに傷つく。……自分にこんなに臆病な一面があるなんて、彼女に恋をするまで気が付かなかった。

一色さんが好きだ。ふとした瞬間目で追ってしまったり、夜寝る前に彼女の姿が浮かんできてしまったり、夢にも出てきたり。俺はとことん、彼女に惹かれている。

――決めた。合宿が終わったら、まずは料理本を買おう。飲食店でバイトして、料理の腕を磨くのもいいかもしれない。

苦手が得意になることで、彼女への想いが証明される気がした。いきなり料理が上達した俺を見て、驚く顔が見たかった。あわよくば、よろこぶ顔も。

思いがけず、俺にとっては二回目のサプライズ成功となった。彼女のびっくりした表情が脳裏に浮かび、思い出し笑いをする。

このまま記憶が戻らなかったらどうしようと、この三週間何度も考えた。もちろん、すべてを思い出してくれるのがベストだけど、記憶が戻らなくても、礼乃は礼乃だ。俺が彼女を想う気持ちが変わることはない。

でも、礼乃のほうはそうじゃないかもしれない。一緒に暮らしていくなかで、どんなに努力しても俺や礼佳を家族だと思えなかった――なんてこともあり得るのだ。

悲しいことだけれど、もしそうなったら、彼女の気持ちを尊重してあげなければいけない。今を生きている礼乃は、俺の思い出のなかにいる彼女じゃなくて、寝室で寝息を立てているあの人なのだから。

俺はふと、その人の様子が気になった。慣れないわが家で、ちゃんと眠れているだろうか。

足音を立てずに寝室に向かい、そっと扉を開ける。彼女はベッドの壁際の端で仰向けに寝そべり、規則的な寝息を立てている。

――よかった。よく眠っている。

彼女の寝顔をもっと近くで見たくなった。俺はベッドに乗り上がり、真上から見下ろすように眺める。

病室で、どれくらいこの美しい寝顔を見つめ続けたか知れない。意識を取り戻すまでの間、もしかしたらもう二度と目覚めることはないのではと絶望に押しつぶされそうになったりもした。

こうしてわが家に帰ってきてくれただけでも幸せだ。これからはこの安らかな寝顔を、いつでも眺めることができるのだから。

——礼乃。

心のなかで、一度は想いが通じ合った妻の名前を呼んだ。途端に、愛しさがこみ上げてくる。

俺はたまらず、彼女の額に口づけを落とした。愛する彼女にこんな風に触れるのは久しぶりで、ひどくドキドキする。

本音を言えば唇で触れたかったけれど、今の彼女にそれは求めすぎだから、理性でこらえる。……これくらいは、許してほしい。

「ぱぱーまだー？」

リビングから礼佳の声が聞こえた。ベッドから降り、キッチンへと戻った俺は、愛娘に「もうすぐだよ」と返事をして、予洗いした食器を食洗機のなかに並べたのだった。

3

退院から二週間が経ち、わが家には璃子ちゃんと瑛司くんが遊びに来ていた。ふたりは三～四日に一回、夕方に顔を出してくれる。

「ありがとう――礼乃ちゃん、最近調子はどう？」

ダイニングテーブルに水出しのアールグレイティーを人数分出す。と、さっそくそのタンブラーに手を伸ばして、璃子ちゃんが訊ねる。先日の装いとは打って変わり、袖の膨らんだ白いカットソーにレーシーな水色のロングスカート。夏らしい配色だ。

「うん。できる範囲で家のこともしてるし、前よりは体力が戻ってきたかも」

最初の三日くらいは急激な環境の変化もあってだるい感じがしたけど、以降は倦怠感も減り、簡単な家事くらいなら問題なくこなせている。

「よかった～。焦る必要ないけど、このまま仕事復帰できるくらいになるといいね」

お茶を飲みながらうなずく璃子ちゃんは、タンブラーをコースターの上に戻すと、まるで自分のことのようによろこんでくれた。

「うん……復帰したいなぁって気持ちはあるんだけど、仕事をしていた自分も、仕事の内容も思い出せないから……戻れるか不安なんだよね」

じっとしているのが性に合わないので働きたいけれど、六年間の記憶は戻らないまま。今復帰しても周囲に迷惑をかけてしまう可能性がある。緑川くんと話し合い、もう少し心にゆとりができるまで休職することにしたのだ。

彼女の横に座り、心もとない言葉を口にすると、璃子ちゃんが快活に笑う。

「大丈夫だって、兄貴のそばでバリバリ働いてカッコよかったもん。記憶がなくなっても感覚まで別人になるわけじゃないだろうし、ちゃんと思い出せるよ」

「ありがとう。……早く、全部の記憶が戻るといいな」

私の仕事は専務である緑川くんの個人秘書。スケジュール調整や、電話・メールの対応、文書の作成、出張の際のあらゆる手配など、妻としての役割の延長みたいな内容が多かったみたいだ。彼曰く『俺が求めてる以上の仕事をきちんとこなしてくれていた』とのことだから、きっちり働いていたことが窺えた。

「みてままー、りっちゃん！　えーじくんかいたの～」

リビングのソファの前から礼佳ちゃんが得意げに呼びかけてくる。そして、フロアマットに置きクレヨンを走らせていたお絵描き帳を、こちらに掲げて見せた。

リビングスペースのソファに座る瑛司くんをモデルに、礼佳画伯が似顔絵を描いているところだ。似顔絵というには正直シンプルすぎるけれど、白い帳面には彼を描いたと思しき、紫色の曲線の集合体が写っている。

「上手だね、礼佳ちゃん」

よく見ると人間らしい形になっている。楕円の雪だるまに手足を生やしたような。

「すごーい礼佳。瑛司そっくりだね！　細いところとか特に」

璃子ちゃんは礼佳ちゃんを褒めるのが上手い。確かに、瑛司くんは細身だから、特徴を捉えているのかもしれない。

「礼佳ちゃんは将来絵描きさんになれるね」

瑛司くんも出来上がった似顔絵を見て、うれしそうにしてくれている。

「うんっ！　おえかきすき～」

「今度は私のこと描いてよ～。瑛司、交替しよっ」

みんなに褒められて上機嫌の礼佳ちゃん。席を立った璃子ちゃんにせがまれると、

「しかたないな～」なんて言いながら、またお絵描き帳をフロアマットに置き、ソファに座った璃子ちゃんを描き始めた。さっきまで璃子ちゃんが座っていた場所に、入れ違いで瑛司くんがやってくる。

「礼乃さん、体調はだいぶよさそうですね」

椅子に腰かけながら、瑛司くんが私に視線をくれて微笑む。

白いロゴTシャツに黒のカーゴパンツ。それに黒がベースのキャップ。ネックレスは、さっき璃子ちゃんが身に着けていたのとお揃いの、以前見たのと同じものだ。

「身体だけはすっかり、ね——あ、これよかったら」

話の途中でお茶を勧めると、彼はキャップを脱いでから「ありがとうございます」と拝むようなしぐさをして、コースターごとタンブラーを引き寄せた。

「最近の記憶……なかなか思い出せないんですね」

唇を湿らせる程度に口をつけたあと、瑛司くんが深刻なトーンでつぶやく。

「でも突然戻るかもしれないし、それまで気持ちを楽にして待ってようかなって」

落ち込んでいる様子を見せると、気を使わせてしまう。私は努めて明るい口調で言った。本当は不安に押しつぶされそうだけど、それを表に出したところで瑛司くんや璃子ちゃんを困らせるだけだ。

「——それより、ありがとうね。璃子ちゃんと瑛司くんには本当に助かってる」

昼間は礼佳ちゃんが保育園に行っているので、ひとりの時間が多い。けれど、礼佳ちゃんのお迎えに行ってから緑川くんが帰宅するまでの間は、私ひとりで彼女のお世話をしなければいけない。彼女にとっては気心知れたママのお迎えだけど、小さな子どもとの触れ合いに慣れない私は緊張しっぱなしだ。その時間にそばにいてくれるのは、すごくありがたい。

「いえ、そんな。これからも遠慮せず頼ってください」

瑛司くんは私のほうへ身体を向けると、優しく微笑んだ。

「――あと、少しでも最近の記憶が戻ったらすぐ教えてくださいね。……心配なので」

「ありがとう」

私はうなずいてお礼を言った。義妹だけでなく、その彼氏にまで心配してもらえるとは。とても心強い。

「ままーえーじくん、みて！　りっちゃんかいたよ～」

そのとき、璃子ちゃんの似顔絵が完成したらしい。礼佳ちゃんが振り向いて、お絵描き帳を頭上に掲げる。

「あ、かわいく描けたね！　素敵だよ」

私は立ち上がると、礼佳ちゃんのとなりに移動してよく見せてもらう。

オレンジ色のクレヨンで、やはり楕円形のような雪だるまが描かれている。丸く描かれた目には、瑛司くんの似顔絵にはなかったまつげが二本ずつ生えていた。

「私の好きな色で塗ってくれたんだよねー。優しいね、礼佳は！」

「えへへ」

礼佳ちゃんが璃子ちゃんのもとへ、似顔絵を見せに行く。すると璃子ちゃんは礼佳ちゃんの頭をわしわしとダイナミックに撫でた。礼佳ちゃんはすごくうれしそうだ。

「えーじくん、りっちゃんのえ、みてー！」

小さな画伯が今度は瑛司くんのところへお絵描き帳を持っていく。

「――ところで礼乃ちゃん。私、少し引っかかってることがあるんだけど……」

「どうしたの？」

礼佳ちゃんを一瞥したあと、璃子ちゃんが声を潜めて切り出した。

「事故が起きた場所。普段、礼乃ちゃんが通勤で使うルートじゃなかったんでしょ。妙じゃない？　忙しい朝に、遠回りして会社に向かってたってことだよね」

事故に遭ったのは朝八時半――私はその朝、礼佳ちゃんの保育園を前延長して早めに預け、通勤用のセダンに乗りかなり迂回したルートで本社方面に向かっている。自宅から本社へは大通りをまっすぐ突っ切れば十分もかからないで到着するのに、事故の現場から本社までは倍近くの距離があるのだ。

「緑川くんは、その日の私は一日中社内の予定だったから、外に用事があったとは思えないって言ってるんだよね。私も変だなって感じてる」

事故直前、私の様子に異変はなかったか緑川くんに訊いてみたけれど、彼は運悪く出張先に前乗りしていたため、わからないと言う。本来なら私も同行するべきところだけど、礼佳ちゃんのお世話があるので付いて行かなかったらしい。

だから緑川くんは「無理をしてでも日帰りにするべきだった」と自分を責めていた。

私が事故に遭ったのは、彼のせいではないのに。

「あの道の先にはうちの大学があるんだけど、OGとはいえ用事はないだろうし」

「……うーん。そうだよね……」

……私はどこに行こうとしていたんだろうか？

失った記憶と同じくらい気にかかる。というより、思い出さなければいけないような――使命感にも近い気持ちが湧いてきていた。

「もう一度緑川くんと話してみようかな――って、どうして笑ってるの？」

ふと璃子ちゃんの顔を見ると口元を手で押さえて笑っている。

「ごめん、真面目な話なのに。……まだ兄貴のこと『緑川くん』って呼んでるから」

「あ……」

礼佳ちゃんの前では「パパ」で通しているけれど、ふたりの間ではすっかりこの呼び方が定着していた。指摘されて初めて、その奇妙さに気が付く。

「やっぱり変……？　でも、あの人を名前で呼ぶっていうのも、違和感が強くて」

「あの人、かぁ。……でも記憶が二十三歳のままならまぁ、そうだよね」

噴き出しつつも璃子ちゃんは妙に納得していた。

ひょっとすると、最初のうちは彼女たちの前でもあのケンカのような応酬を披露していたのかもしれない。だとしたら――

「私と緑川くんって、どうやって今みたいな形に落ち着いたの？」

仮面夫婦かと思いきや普通の夫婦のようだし、愛する子どもまでいる。あんなに反発し合っていたのだから、なにかきっかけはあるだろう。

「えー、そんなの本人に聞きなよ」

「だって教えてくれないんだよ。『思い出すまで考えなくていいよ』って」

これまで彼が撮った私との写真を見せてもらったり、思い出のあるお店に連れて行ってもらったりしたけれど、効果はなし。せめて事実を聞き出すことで開く記憶の扉もあるのでは、と思い訊いてみたけれど、『刷り込みや洗脳はしたくない』とかで、首を縦には振らなかった。

「夫婦しか知らないような話を、私が詳しく知ってるわけないじゃない」

「うーん、それもそっか……」

腕組みをして唸る。彼女だって、実の兄の恋愛事情は掘り下げたくないだろう。無神経なことを訊いてしまった。

「じゃあせめて、緑川くんのことなんて呼んでたか教えて？」

「呼び方？　……まぁ、うん。いいけど」

私と緑川くんの関係性や雰囲気を少しでも知りたくて、当たり障りがないだろう範囲で食い下がってみる。彼女もまた、それくらいならと数度うなずいた。

「ふたりのときは『透哉くん』って下の名前で呼んでたみたいだよ」

「透哉くん……」

結婚生活で何度も紡いだであろう彼の名前。だけど、今の私にはすごく新鮮だ。

「どう、懐かしい感じする？」

「全然」

即答すると、璃子ちゃんが声を立てて笑ったので、私もつられて笑う。

「――でもね、兄貴と礼乃ちゃんは、お互いがお互いを信用し合ってて、尊重し合ってるいい夫婦だったよ。私もふたりみたいな夫婦になるのが目標」

彼女がダイニングテーブルへ視線を投げる。そこには、また礼佳ちゃんの似顔絵のモデルをする瑛司くんの姿がある。璃子ちゃんが、愛おしそうに瞳を細めた。

「瑛司とはこのまま一緒にいられたらなって思ってるよ。パパも気に入ってくれてるけど——内心ではまだ、どこかの御曹司と結婚させるのを諦めてないみたいなんだ」

まだ大学生だけど、彼女も緑川家の一族。結婚相手は慎重に選ぶ必要がある。璃子ちゃんには由緒正しい家柄との縁談も数多あるだろうし、なかなか難しい立場だ。

「でも璃子ちゃんは瑛司くんが好きなんでしょ。貫きたいなら、私は応援するよ」

礼佳ちゃんの指示で、動かないまま笑顔をキープしている瑛司くんを見つめながら言った。彼女たちにはお世話になっているし、応援することで恩を返せるならそうしたい。……味方でいたい。

「やっぱり記憶はなくても礼乃ちゃんは礼乃ちゃんだね。頼りになるなぁ」

私を見つめる彼女の瞳が潤む。それからまた、ダイニングテーブルに視線を向けた。

「——私の結婚式では礼佳にベール持ってもらおうかな。目立つの好きそうだから、よろこんで引き受けてくれそう」

「ね。華やかな場所やものが好きみたいだよね」

「昔からそうだよ。レースのついたドレスとか、きらきらしたカチューシャとか。『プリンセスになりたい！』ってよく言ってる」

言われてみれば、手持ちのおもちゃはそういうものが多い。本当なら母親である私がいちばんわかってなければいけないのに、人づてに聞いているのが不甲斐ない。

かといって、礼佳ちゃんへ娘としての愛情を感じているかと訊かれると、「はい」とは言えない。彼女のことはかわいいと思うし、一緒に過ごせば過ごすほどその思いは増していくけれど、たとえば近所に住んでいる子をかわいいと思う気持ちと同じで、どこか他人ごと。一歩下がったところから見ている感じだ。

それは緑川くんに対しても同じ。彼が夫であり、子の父親という事実を受け入れようと努力しているけれど、感情的な部分はまだ追いついておらず、一家三人での生活、というよりはルームシェアと表現したほうが正しい。

ともに暮らすうちに懐かしさを覚えるかもと期待したけれど、現在のところまだその瞬間は訪れていない。もちろん、そんなことを礼佳ちゃんに悟られるのはあまりに可哀想だから、表面上は取り繕っているけれど。

胸にちくんとした痛みを感じた直後、玄関の施錠が解かれ、扉が開いた。

「あっ、かえってきた!」

その音を耳ざとく聞きつけ、礼佳ちゃんの表情がぱっと明るくなった。お絵描き帳やクレヨンを瑛司くんに押し付け、疾風のごとく玄関に駆け出す。

少しの間のあと、礼佳ちゃんに手を引かれた緑川くんが室内に入ってくる。

「ただいま」

「おかえりなさい」

私と璃子ちゃんが口々にそう言うと、緑川くんは私たちのいるリビングスペースへ視線を向けて「あぁ」とうなずいた。それから、娘と手をつなぐのとは逆側の手に持っていたヌメ革のバッグを、空いているダイニングチェアの上に置く。

「ふたりとも来てたのか」

「お邪魔してます」

律儀に椅子から立って頭を下げる瑛司くんに、緑川くんが「どうも」と会釈をする。

「ぱぱーあそぼー」

「まだ帰ってきたばっかりだよ」

つないだ手を激しく揺らしながらせがむ礼佳ちゃんと向き合い、緑川くんが笑う。

「だって～ぱぱがすきなんだもんー」

「相変わらずパパっ子だね、礼佳は」

彼の脚元にぎゅっと抱き着く彼女の姿を見て、璃子ちゃんが立ち上がった。

「――よーし、兄貴も帰ってきたことだし、バトンタッチして帰りますか～」

彼女はそう言いながら瑛司くんに視線を投げる。彼はこくんとうなずいて、手にしていたお絵描き帳とクレヨンをテーブルの上に置く。

「よかったらだけど、ご飯食べて行って」

「ううん、今日はこれからふたりで課題のレポートする予定なんだ。また近いうちにお邪魔するね」

時計を見ると十八時前。いつもこのくらいの時間までいてくれるので、夕食を勧めるのだけれど、ふたりはなにかと理由をつけて遠慮する。最近、夕食の支度は私がすることになっているから、世話をかけまいとしてくれているのだと思う。

「璃子、瑛司くん、いつもありがとう」

廊下を進みながら、緑川くんがお礼を言うと、璃子ちゃんがいたずらっぽく笑う。

「だから兄貴のためじゃなくて、礼乃ちゃんと礼佳のためだからお気になさらず。それじゃあね。礼佳もばいばい」

「ばいばーい」

玄関で璃子ちゃんと瑛司くんとタッチして、礼佳ちゃんもお見送りだ。私たちは笑顔で帰っていくふたりを見送った。

「礼乃、スマホが震えてる」

「ありがとう」

リビングに戻ってしばらくすると、緑川くんがダイニングテーブルの上を示して教えてくれたので、そこに置きっぱなしだったスマホに手を伸ばす。

退院の翌日に、緑川くんと買いに行った新しいスマホ。メモリーのバックアップもなかったので、今は限られた人としかつながっていない。

メッセージアプリの新着通知が表示されていたので、画面をタップした。

『記憶喪失は因果応報だ』

そこに浮かび上がる、ただ一行だけのメッセージに息を呑む。

「どうかした？」

「……うん」

私は画面から顔を上げると、なんでもない風に首を横に振った。そして、スマホを視界から消すみたいにスカートのポケットのなかにしまう。

——また、このメッセージ。

送り主は『×××』。最初の一通はスマホを買った翌日。それから三日に一回くらいのペースで、同じメッセージが送られてくる。

私が入院していて、かつ記憶がなくなったことを知るのは、かなり親しい人間だ。でもこのアカウントに心当たりはなかった。なぜなら、近しい人の連絡先はおおよそ新しいスマホに登録しているから。私はいまだに、この『×××』というアカウントを操る人物を割り出すことができないでいる。

『あなたは誰？』と質問してみても返事はなく、常に一方的な発信のみ。いたずらかとも思ったけれど、それにしては記憶喪失だなんてピンポイントすぎる。

周囲に相談するべきかとの思いが過りつつも——この、『因果応報』という言葉に引っかかって、思い留まっている。

なにか、報いを受けなければならないことをしてしまったのだろうか。そのせいで私は罰されている？　……心当たりはまったくないのに。

誰にも言い出せないままのことは他にもある。それは、事故のときに持っていたバッグの中身を、もう一度確認したときに見つけた封筒の存在だ。

封筒は薄いイエローの無地で、封がされたままだった。私が書いたものなのか、誰かから受け取ったものなのかは不明。開封して中身を確認すればいいと頭では理解しているのに、なんとなく勇気が出ないでいる。

『因果応報』につながるものなのだとしたら——という恐怖が、私をためらわせているのだ。

身体は元気になっていても、頭のほうは事故の余韻を引きずっていることがあるらしい。主治医にも無理はしないでと口酸っぱく言われているから、メッセージのことも、手紙のことも、その気になるまではまだ自分の胸の内に留めておくことにした。

「すぐご飯作っちゃうね」

「ありがとう」

私がキッチンのシンクで手を洗いながら言うと、緑川くんはフロアマットに座って礼佳を膝に乗せた。きゃっきゃっと楽しそうな声が聞こえてくる。

私はもやっとした気持ちを抱えつつも、夕食の支度に意識を集中させた。


十九時すぎに夕食を作り終えた私は、メインの和風ハンバーグを口にした緑川くんの反応を、固唾を呑んで見守っていた。

「——うん、おいしいよ」

「よかった」

色好い返事が聞こえて胸を撫で下ろす。

「礼佳もおいしいよね？」

「うん！」

続いて、そのとなりの礼佳ちゃんからもお墨付きをいただけたので大満足だ。

二十九歳の私は母になったということもあり、料理のレパートリーが増えていたようなのだけれど、記憶の嵩《かさ》が二十三歳まで減ってしまったことにより、その間に得たスキルを失ってしまったようだった。

それがわかったのは一週間前、礼佳ちゃんの好物だという『ままのかれーらいす』を作ってほしいと頼まれたとき。まだ三歳でスパイスの利いたカレーが食べられない礼佳ちゃんのために私がレシピを作ったそうだけど、まったく覚えていない。

緑川くんに訊いても、レシピは私の頭のなかだけに存在するらしく、なにが入っているかはわからないらしい。結局、近しいものさえも作ってあげられなかった。

「礼佳ちゃん、ソースついてるよ」

お皿の上で小さく切ったハンバーグをフォークに差して口に運ぶ礼佳ちゃん。唇にべったりとついた和風ソースを、ウェットティッシュで拭ってあげようとした。

すると、その手をぱしんと払いのけられる。

「やっ。ぱぱがいい〜」

決して強い口調ではないけれど、意志は固そうだった。私は手に取ったウェットテイッシュを、礼佳ちゃんの背中越しに緑川くんに渡した。

「はいはい、わかった」

緑川くんが代わりに拭うと、彼女はとてもうれしそうだ。その顔を見て、私は複雑な気持ちになる。

横並びの食卓にも慣れ、子どもがいる家庭の生活リズムも掴めてきたけれど——それに反比例して、礼佳ちゃんの私に対する違和感が膨らんでいるのを感じる。

原因はわかりきっている。緑川くんのように、彼女に対して愛情全開に接することができずに、溝を作ってしまっているから。

礼佳ちゃんは気付いたのだ。私が今までのママとは違う、ということに。

大好きなパパがいないときには、私にも寄ってきてくれる。でもふたりが揃っていると、礼佳ちゃんは必ず緑川くんのほうへ行くのだ。

食事もお風呂も寝かしつけも彼でなければ、今みたいに「やっ」とへそを曲げられてしまう。朝夕の保育園の送り迎えだけが私の担当だけど、それもしぶしぶ受け入れてくれている感じだ。ここ数日は帰宅すると私を遊びには誘わず、絵を描いたり絵本を読んだり、ひとりで遊んでいる。

私がもう少し子どもの扱いに長けていればまた違うのだろうけれど、急に身に付くものでもないのがもどかしい。

「礼佳は昔からこうなんだ。だからあまり深く考えないで」

「……ありがとう」

暗い顔をしてしまっていたらしい。緑川くんが、小声でフォローを入れてくれた。

……そうだ。璃子ちゃんも『礼佳はパパっ子』と言っていた。私が拒絶されていると考えるより、パパにお世話をしてもらいたいのだ、と考えよう。

「そうだ、礼乃。来週のパーティーのことなんだけど……」

マイナスに傾いた思考をリセットする。と、緑川くんが箸を置いてそう切り出した。

「――やっぱり、可能なら出席してもらいたいと思ってるんだ」

パーティーとは、丸園百貨店の創立五周年という節目に行われる、記念パーティーのこと。事前に感謝祭と銘打って大口の顧客をご招待し、もてなすという内容だ。現在、代表取締役を務めている緑川くんの父と私の父はもちろんのこと、その家族も出席することになっている。特に、専務の緑川くんは代表の息子ということもあり、次期社長候補。その妻である私も出席するのが好ましい。

「もちろん、なるべく礼乃のそばから離れないようにするし、サポートする。ただ元気な顔さえ見せてもらえればそれでいいんだ」

私が事故に遭ったことは公になっていない。ましてや、最近の記憶がないことも。

「うん、大丈夫。出席するつもりだよ」

本来なら出席は遠慮したいところだけれど、彼の立場を考えるとそうもいかない。添え物でいればいいならば、この状態でもどうにかなりそうだ。私は快くうなずいた。

「ありがとう、助かるよ。……大変な時期に重なってしまって、申し訳ない」

「ううん。もとはといえば、私自身が起こした事故が原因だから。むしろ緑川くんの負担を増やしてしまって、ごめんなさい。ただでさえ忙しそうなのに」

仕事も礼佳ちゃんのお世話も、彼の担う役割が多すぎる。なんの不満も言わずにそれをこなしてくれている彼のお願いならば、よろこんで聞きたい。

「負担だとは思ってない。こういうときこそ助け合わないと。健やかなるときも、病めるときも、って誓ったからね」

いつだって緑川くんの対応はブレずに、優しく明るい。頼もしい返事を聞くたびに、彼を男性として意識し始めている自分に気付いた。

――大学生のころの私が知ったら『どうして!?』と頭を抱えるに違いない。

「……教会式、だったんだよね」

結婚式の写真は見せてもらったことがある。タキシード姿の彼を思い出して照れくさくなる。彼はスタイルがいいので、モデルみたいにとてもよく似合っていたのだ。

頬が緩んでいることに気付かれないように、私は平静を装ってつぶやく。

「そうそう。景色のいいチャペルだったでしょ？」

「ちゃぺるってなーに？」

私と彼のやり取りを聞きつけ、礼佳ちゃんが会話に加わってくる。

「パパがママを『幸せにします』って約束した場所だよ」

緑川くんが私の目をじっと見つめて微笑むから、ついドキドキしてしまう。

……当時の私は、彼と結ばれた瞬間、なにを思ったのだろう。そのころにはさすがに、嫌味の言い合いはしていなかっただろうし――幸せの絶頂だったのだろうか。

「――それより来週のパーティーのために、日曜日にかわいいドレス買いに行こう」

「どれす！　かう！」

ドレスの話をされると、礼佳ちゃんが目を輝かせてよろこんだ。

「礼乃も新調したらいい。パーティーに合わせて、好きなものを選んで」

「うん。そうさせてもらうね」

歌い上げるように言う礼佳ちゃんは、早くも週末のお出かけを楽しみにしているみたいだ。……そういえば、退院してから三人で出かけるのって初めてなのかも。

「日曜日にお出かけする人は、ちゃんとブロッコリーも食べるんだよ」

「……はーい」

礼佳ちゃんはブロッコリーが苦手だ。ちゃっかり全部残そうとするのを緑川くんがチクリと牽制すると、彼女はしぶしぶといった風に返事をした。

◆◇◆

──二週間後の週末。丸園百貨店の五周年記念パーティーの当日。

「礼乃、顔が硬いよ」

会場となる某ラグジュアリーホテルの広間の片隅にいる私は、開始時間が近づくにつれて無口になっていた。そんな私の緊張の糸を緩めるために、シャンパングラスを持った彼がやってくる。

「き……緊張してきちゃって」

私は比較的、こういうイベントごとには慣れているほうだと思う。幼いころから幾度となく参加してきたし、振る舞い方もわかっているつもりだ。でもそれは、後ろ暗いことがない場合の話。六年間の記憶の空洞を悟られないようにしなければ、という緊迫感が、不安を伴う息苦しさの原因になっている。

「らしくないな。これでも飲んで、リラックスして」

差し出された琥珀色のシャンパンは、ウェルカムドリンクだ。お礼を言って受け取り、ひと口嚥下《えんげ》する。シュワッとした爽快感とアルコールの熱さが心地いい。

「これ、すごく似合ってるよ」

「そう、かな」

彼が私の身に着けているドレスを示して言った。

一週間ほど前、約束通りに礼佳ちゃんのドレスを選びに出かけたとき、私もこれを買ってもらった。肩から袖にかけて透け感のあるワンピースドレス。色はグレージュで、裾が細かなプリーツになっているのがかわいい。ネックレスとバッグは、ドレスに合わせ、華奢だったり小ぶりだったりするものを選んだ。

パンプスは黒と白のバイカラーの、六センチヒールのものを勧められて購入したけれど、長らくこういう靴を履いていないので移動の際には転ばないよう、意識を集中させなければいけない。

「うん。すごくいい。今日の礼乃は特にきれいだ」

「……な、ならよかった」

言葉通り、彼は私に見とれているみたいにして言った。……冗談めかしてでもなく、ストレートに言われると恥ずかしくて、私は視線を逸らしてしまった。

彼の今日の装いはブラックスーツにシルバーがベースのネクタイ。フォーマルかつ華やかな雰囲気で、いつもとは違った魅力がある。

――緑川くんのスーツもよく似合ってる。素敵だよ。

という台詞が喉元まで出かかっていたし、自然に言える流れなのに、言えない。社交辞令ではなく、心からそう思っていると知られるのが面映ゆいのだ。

「構えなくて大丈夫。極力近くにいるようにするし、困ることがあれば遠慮なく頼ってほしい。どうしてもつらかったら、礼佳と一緒に席を外しても平気だから」

「う、うん……そうするね」

挨拶回りで大変な彼に悪い気もするけれど、ここはお言葉に甘えて助けてもらおう。

「ぱぱーままー、あっちでおねーさんとあそんでる～」

会場の入り口にある受付のほうから、礼佳ちゃんがぱたぱたと走ってくる。準備の間、緑川くんの気心の知れた従業員に彼女の様子を見ていてもらっているのだ。

オーガンジーとレースをふんだんに使ったピンクのドレスは、一目見て彼女が気に入ったもの。編み込みをおだんごでまとめたヘアスタイルも相まって、彼女自身が憧れるプリンセスみたいだ。

「よかったね。大勢の人が来るから、このお部屋のなかを走り回っちゃだめだよ」

「わかった！」

緑川くんの言いつけ通り、彼女は早歩きで受付のほうへと戻っていった。

「こういうパーティー、礼佳ちゃんが出席したことはあるの？」

そんな礼佳ちゃんを目で追いながら、私が小声で訊ねる。

「三周年のときはシッターに預けたから、初めてだね」

「なかなかの大物だね。委縮する子もいるでしょうに、むしろはしゃいでる感じ」

「俺たちの娘だしね。こういう家だとパーティーは珍しくないし、よかったよ」

「……そうだね」

礼佳ちゃんは私の実の娘。誰かの口からそう聞くたびに、いまだに信じられない気持ちが覗いたりするけれど、私はそれに気が付かないふりをした。

パーティーには多くの人がお祝いに駆けつけてくれた。受付の従業員とのおしゃべりに礼佳ちゃんが夢中になっている間に、ウェルカムドリンクのグラスを持った出席者たちが行き交う会場内を、緑川くんのあとをついて見回していた。その途中。

「あら、礼乃さんお久しぶり」

「お……お久しぶりです」

最初に話しかけてくださったのは、パープルのタイトなドレスの、私の母と同年代のご婦人だ。緑川くんと挨拶したあと、垂れ気味の瞳を細めて私を見つめ、親しげに微笑みかけてきた。どこの誰ともわからないまま、おうむ返しをする。

「相変わらずお美しいわね。お元気にしてらっしゃった？」

「いえ、あの……おかげさまで」

目の前の彼女に負けないくらいの笑顔を心がけながら記憶を辿ってみる。

――少なくとも、二十三歳までの私とは出会っていない女性だ。

「礼乃さん、ご無沙汰してます～。お変わりなくてなによりですね」

ふわりとローズ系の香りが漂った。次に、襟にビジューがあしらわれた白のセットアップスーツを着た、三十代後半くらいの女性に話しかけられる。巻いた髪に高いヒール。香りのイメージに似た、華やかな印象の人。弾けるような笑顔が眩しい。

……この女性も存じ上げない。お二方とも、会社の周年パーティーに招待しているということは、丸園とつながりがあるのだろうけれど。

「大鶴《おおつる》様、上岡《かみおか》様、このたびはお忙しいところ、ありがとうございます」

それでもなにか思い出せないかと、ありもしない記憶を必死に掘り起こしていると、緑川くんが一歩前に出て、お二方に頭を下げる。

「いえいえ。丸園さんの五周年ともなれば、駆けつけないわけにはいけませんわ」

「本当におめでとうございます～。丸屋さんと北園さんが一緒になってもう五年も経つんですね～、早いわ」

大鶴様と思しき年配の女性と、上岡様と思しき華やかな女性は顔見知りのようだ。お互いにうなずき合っている。

「ええ、本当に」

お二方に相槌を打ってから、彼が私だけに聞こえる声で「礼乃」と呼びかける。

「――おふたりは丸園のお得意様だよ。もともと丸屋時代に俺が外商で付いてたんだけど、気に入ってもらって。俺が外商から外れても、彼女たちの担当は俺のままなんだ。丸園になってからは、お買い物の際に礼乃も同席するようになって」

「私も？」

緑川くんが微かにうなずく。

「礼乃はいいも悪いもはっきり言うだろう？　顧客に意見を求められたときも斟酌《しんしゃく》しないんだ。それを見て『礼乃さんの審美眼は信用できる』って」

百貨店には個人外商というものがある。年間のお買い物金額が一定を越えると、従業員が担当という形でその個人に付いて、よりニーズに合ったお買い物のご提案とご案内をするシステムだ。緑川くんは丸屋に入社してしばらくは外商部にいたみたいだ。当時のお客様とのご縁が続いているのは、彼女たちがかなり売り上げに貢献してくれている顧客だということの表れだ。普通ならば、新しい外商に引き継ぐはずだから。

私は緑川くんの秘書として働いているみたいだから、彼女たちのお買い物に同席する機会があり、そのときに私のことも認識してもらった感じか。

「じゃあおふたりがご結婚されてからもそれくらい経つのよね？」

大鶴様がそう訊ねたので、緑川くんの意識も彼女のほうへ注がれる。

「そうですね。ちょうど、丸園の創立が契機でしたので」

「あら、じゃあご結婚五周年でもあるのね。ますますおめでたいわ」

「おめでとうございます～」

「あ……ありがとうございます」

彼女たちがそう言ってくれたので深々と頭を下げた。お二方とも、優しく温かい雰囲気のするお客様だ。

「お子さんいらっしゃいましたよね。女の子の」

「礼佳は三歳になりました」

思い出したように上岡様が訊ねると、緑川くんが顔を綻ばせて答える。

「子どもがいると賑やかになるでしょう?」

「ええ、本当に」

大鶴様が、今度は私を見つめて訊ねた。無難な返事をしたところで、パーティーの進行を任されている法人営業部の男性従業員が足早にこちらへやってきた。

「――専務。そろそろ開会の挨拶のお時間です」

「今行きます」

緑川くんが短く答えると、男性従業員は会場の中心にあるパーティーの運営本部へと戻っていく。

「――それでは、一度失礼いたしますね。お食事も、厳選した旬のものや一風変わったものをご用意しておりますので、よろしければお楽しみください。礼乃、行こう」

「はい。失礼いたします」

緑川くんに促されご挨拶をすると、にこやかに送り出された。踵を返す彼に付いて、会場の中心へ向かう。

――なんとか切り抜けられた。まだ始まってもいないのにどっと疲れが襲ってくる。

「礼乃、すごく緊張してたね」

「ばれてた？」

本部に戻る前に、彼が人もまばらな隅のテーブルに私を促した。そこで、彼が笑いをかみ殺しながらうなずく。

もともとうそをつくのが苦手なのだ。痛いところを突かれたら困るとの思いが出すぎてしまっていたらしい。

「でも、怪しまれるほどじゃないから大丈夫。進行上、俺が席外すときも璃子と瑛司くんにフォロー頼めるように話つけてあるから」

今日のパーティーには、彼女たちも出席している。瑛司くんは主にお父様のお手伝いとして裏方で働いているから、まだ見かけてはいないけれど。

「……いろいろありがとう。さっきも緑川くんが関係を教えてくれなかったら、もっと焦っちゃってたかも」

すかさず伝えてもらえたのがありがたかった。彼の気遣いのおかげで、その場での不安がひとつ減ったのは大きい。緑川くんが、優しい眼差しで私を見つめる。

「サポートできるところはするって言ったよ。今日一日こんな感じだけど、よろしく」

「が、頑張る」

本当に気合いを入れなければいけないのはこれからだ。私はぐっと握り拳を作ってみせてから、彼と運営本部に戻った。

◆◇◆

パーティーは滞りなく終了した。心配だった出席者との会話は、人数が多かったせいもあり、ひとりひとりとは込み入った話にはならず、簡単な挨拶を交わす程度で終わった。たまにお話し好きの出席者に捕まったときは、大鶴様や上岡様のときと同じように、さりげなく緑川くんがその方のことを教えてくれたから、大いに助かった。

意外に苦戦したのは丸園の従業員との会話だ。おそらくそれなりに親しかったであろう彼らから、親しみを持って話しかけられたときの対応に苦慮したけれど、これもそばにいてくれた緑川くんが機転を利かせてくれたおかげで、乗り切れた。

どうにか役割をこなせたことをよろこぶと同時に、自分が意識しているよりも思い出せない人や事柄が多いことにショックを受けた。

六年は長い。その間に人間関係や生活環境に大きな変化があっただろうことは想像がついていたけれど、これほどまでだったとは。

　このままではいけない。なんとなく「思い出さなきゃな」というテンションが、「是が非でも思い出さなければ」という強いものに変わった。


　焦る気持ちとは裏腹に、九月に入っても私の失われた記憶が蘇ることはなかった。緑川くんに相談しても、「急いで思い出さなくてもいい」の一点張り。医師から、私に負担をかけないことが第一だと指導されているのだろうけれど、失くした期間が長くなるほど、記憶が戻りにくくなってしまうのでは――なんて勘繰ってしまう。

　不安の種はもうひとつ。礼佳ちゃんが私に、ことさら心を開かなくなったことだ。彼女の気が乗らないと、食事の介助やトイレ、寝かしつけなどのお世話を拒むだけではなく、あまり話しかけてきてくれなくなった。無理を押そうとすると癇癪《かんしゃく》を起こすからそれもできず、彼女のことは緑川くんに丸投げしている状態だ。心苦しいけれど、彼がそばに付けば礼佳ちゃんの情緒が安定するので、お願いせざるを得ない。

　とはいえ彼も忙しい身。常に家庭ばかりを見ているわけにもいかなくて――私が恐れていた瞬間がやってきてしまった。

「礼乃、ごめん。じゃあ今夜はよろしく頼むよ」

「うん、大丈夫。任せておいて。いってらっしゃい」

朝、玄関先で振り返った緑川くんが、不安げに眉を下げた。

これまで私に気を使い、常に家庭優先でスケジュールを組んでくれていた緑川くんだけど、今夜はどうしても外せない会食が入ってしまった。ということは、夜の礼佳ちゃんのお世話はすべて私の担当になるということだ。

正直、不安しかないけれど、なにをするかは細かくレクチャーしてもらったし、平日なので昼間は保育園任せ。帰ってきてからも、機嫌がいい日なら「ましてー」と私にお世話させてくれるときもある。弱音を吐いて緑川くんを困らせるわけにもいかないし、私は精いっぱいの強がりで、彼を明るく見送る。

「礼佳。ちゃんとママの言うこと聞いて、おりこうさんにしてるんだよ」

緑川くんの言葉に、私のとなりにいる礼佳ちゃんは黙ったままだ。

「礼佳？　返事は？」

「わかった！」

拗ねたように言う彼女は、まだパパの不在に納得していないようだった。

昨夜、緑川くんの口から「明日の夜はパパいないからね」と告げたとき、それはそれは荒れていた。「なんで？」「どうして？」「ぱぱといっしょがいい」――ひと晩経ち、少し冷静になったところで、どう足掻いても覆らないと諦めたらしい。

かくして、礼佳ちゃんとふたりで過ごす、初めての夜を迎えることとなったのだ。

『ねぇ、礼乃ちゃん本当にひとりで平気？　今夜なら私も瑛司も行けるよ』

その日のお昼過ぎ。リビングのソファでぼんやりしていたとき、電話をかけてきてくれたのは璃子ちゃんだ。緑川くんが今夜いないことはすでに彼女の耳にも入っており、心配してくれていたらしい。

「ありがとう。でも大丈夫。私だけでもなんとかなりそう」

『私たちがいれば礼佳も少しはわがままを控えるから、楽になるんじゃないかと思うけど……ほら、特にお風呂は兄貴とじゃないと入らないんでしょ？』

「そうなんだけど……」

緑川くんがいないことで、なにがいちばん困るかと言われたらお風呂だ。実は私は、礼佳ちゃんとお風呂に入ったことが一度もない。入浴に関しては彼女のこだわりがあるところで、絶対に緑川くんとしか入りたがらないのだ。

「でも、私しかいないってなれば、礼佳ちゃんも私を頼ってくれると思うんだ。普段も、機嫌よければ素直に言うこと聞いてくれるし」

希望的観測ではあるけれど、一日あたり数時間程度なら彼女とふたりだけの時間もある。お風呂に関しても、その延長だと思えば問題はないと思いたい。

ところが、璃子ちゃんが『うーん……』と言葉を詰まらせる。

『――礼佳、ああ見えて繊細なところがあるからさ……礼乃ちゃんの記憶がないってこと、薄々感づいてるんじゃないかと思うんだよね』

私と同じ感想を抱いたところを見るに、週に何度か顔を合わせていれば、璃子ちゃんも礼佳ちゃんの変化には気が付いていたようだ。……だとしても。

「実の娘なんだもん。パパがいないくらいで慌ててられないよ。だから平気」

実の娘なら――私がお腹を痛めて産んだ子どもなら、私ひとりでも礼佳ちゃんの面倒を見られなければいけない。現に、緑川くんだって私が不在の間そうしてくれていたし、記憶を失くして以降は負担を背負わせてしまっている部分が大きい。

璃子ちゃんもそんな私の気持ちを汲んでくれているのだと思う。少し考えるような間のあと、ふうっと息を吐く音が聞こえた。

『……わかった。でも困ったことがあったら連絡してくれていいからね。私、今日は空けてあるから』

「いつもありがとう」

普段からお世話になっている璃子ちゃんには、頭が上がらない。だからこそ、甘えてばかりではいられないのだ。これをいい機会として捉えて、私ひとりでも解決できることを増やしていかないと。

寄りかかってしまいそうな気持ちを奮い立たせてお礼を言い、私は通話を切った。

夕刻、保育園から帰宅すると、礼佳ちゃんはすでにご機嫌ななめだった。

「礼佳ちゃん、今日はなにが食べたい？」

玄関で靴を脱ぎ、手を洗ったあと、リビングのフロアマットに座り込んだ礼佳ちゃんに訊ねてみる。

彼女はそのときの気分で希望がころころと変わる。指定のものが用意できないと怒らせてしまうので、主食だけでもご飯、パン、うどん、パスタなどなど、いかようにも対応できるように事前に買い物を済ませた。我ながらいい作戦だなと思っていた。

「ままのかれー。いつものやつ」

ところが――残念ながら、私の思惑通りとはいかなかった。彼女が挙げたのは、事故に遭う前の私の頭のなかにしかレシピが存在しないという、あのカレーだったから。

「……ごめんね、それは今日は作ってあげられない」

「じゃあいらない」

「そんなこと言わないで。ちょっと違うカレーでもいいなら作れるんだけど」

「ちがうのやだ。いらない」

ツンとした返事。彼女は一度「いやだ」と言い出すと、収束するまでが長い。

頑なに「ごはんはいらない」を貫き通そうとする彼女の言いなりになるわけにはいかない。礼佳ちゃんの好きそうな、ありとあらゆるメニューの名前を片っ端から並べて「おにぎりならいいよ」を引き出すことに成功した。

彼女の気が変わらないうちに、鮭フレークを入れたシンプルなおにぎりと豆腐とわかめのお味噌汁を作る。それだけでは物足りないだろうとだし巻き卵も添えた。食卓に並べ、私と礼佳ちゃんは定位置へ。

いざ「いただきます」をしようとしたとき、新たな問題が勃発した。

「ぱぱがかえってくるまでまつの」

「礼佳ちゃん、今日はパパ、帰ってくるのが遅いの。朝、言ってたよね？」

「やだ。ぱぱまつの。ぱぱといっしょにたべる」

朝のうちに納得したはずが、礼佳ちゃんはいやいやと首を横に振ってぐずり出した。

パパの手前、納得したふりをしていたのだろうけれど、我慢できなくなったのだ。

「パパが帰ってくるの、すごく遅いんだ。だから先にママと食べてようか」

言いながら、胸の辺りがざわっとする。

彼女や緑川くんに呼ばれるのはまだしも、自分自身のことを『ママ』と呼ぶのには大きな違和感が伴う。けれど私はその感覚に無視を決め込み、続けた。

「パパだってお腹のすいた礼佳ちゃんが待ってるって知ったら心配しちゃうよ。ね、お願いだから食べよう」

「…………」

「礼佳ちゃん……？」

右どなりに座る彼女は、じっと探るような目で私を見つめている。射貫くようなその目に、私は情けなくも怯《ひる》んでしまう。

「……ほんとうのままにあいたい」

への字に曲げられた唇から、ぽつりともれた言葉に――息が詰まった。

やっぱり礼佳ちゃんは気付いている。私が、彼女の知る私とは違うということに。だけどここでわかりやすく動揺するわけにはいかない。「冷静になれ」と自分に言い聞かせながら、笑み交じりに口を開く。

「ママはママだよ。ね、礼佳ちゃんの好きなみかんゼリーもあるから、ご飯食べたら一緒に食べようか」

「……」

彼女の好物を使ったことか、もしくは、私が毅然《きぜん》とした態度で接したのがよかったのか。礼佳ちゃんのテンションは始終低かったけれど、食事を介助することにもなんとか成功した。六割くらいは食べてくれたから、まずまずだろう。

残る大きな関門はひとつ。お風呂だ。璃子ちゃんとも話した通り、お風呂だけは一緒に入ったことがない。礼佳ちゃんとしてもパパと入るものだという認識だろう。

緑川くんは「どうしてもいやがったら無理に入れなくてもいいよ。次の日の朝、俺が早めに起きて入れるから」とのことだったけれど、それも申し訳ないし、チャレンジするだけでもしてみようと思ったのだ。

夕食のあと、リビングのフロアマットの上で絵本を読んでいた礼佳ちゃんのとなりに座って、トントンと肩を叩く。

「礼佳ちゃん、一緒にお風呂入ろうか」

「やだ。ぱぱとはいる」

彼女の返事はつれない。ここまでは予想通りだ。めげるわけにはいかない。

「先生にいっぱいお外で遊んだって聞いたよ。きれいに身体洗ってからねんねしよう」

「やだ。ぱぱじゃなきゃいや」

「そうだよね。でもパパは今夜いないんだ――お風呂のなかでアヒルさん出して遊ぼうか。それとも、水風船する？」

「やだ！　いらない！」

「礼佳ちゃん……」

一筋縄ではいかないのはわかっている。けれど、さんざん彼女の強情に手を焼いたあとで疲れ切っていた。それでも湧き上がる苛立ちを抑え、彼女の興味を引きそうなアイデアを挙げていく。かわいい水着を着てみるとか、浴槽のなかを泡風呂にするとか、お風呂上がりのジュースとか、アイスとか。

とにかくどんな手段を使ってもいいから、今は礼佳ちゃんに「お風呂に入る」と言わせることだけが正解に思えた。緑川くんがいないのなら、私がしなければ、と。

でも――

「やだ！　おふろはぜったいぱぱがいいっ！」

これまでにない金切り声を上げながら絵本を投げつけてきた礼佳ちゃんに、私の我慢の糸がぷつりと切れた。

「礼佳ちゃん！」

大人げないとはわかっていながら、私はつい大きな声を出した。すると彼女がびくっと肩を震わせる。今までは苛立ちや怒りを覚えても、理性でこらえていたから、ストレートに表現するのはこれが初めてだ。以前がどうだったかは知らないけれど、彼女にとっても久しぶりなのかもしれない。

その証拠に、彼女のつぶらな瞳に、みるみる間に涙が溜まっていく。そして。

「うわぁあああああん‼」

彼女は大きな声を上げて激しく泣き出した。まるで、私の今の一声で、彼女自身の我慢も限界を迎えたかのように。

「礼佳ちゃん」

「やだ！　あっちいって‼」

泣き止ませるため、彼女を抱き寄せようと手を伸ばすけれど、その手を叩かれ、肩を強く押される。

「このままきらい！　ほんとうのままにあいたい‼」

ぎゃあぎゃあと大声で泣き続ける礼佳ちゃんが激しく咳き込んだ次の瞬間、フロアマットの上に嘔吐する。

「礼佳ちゃんっ!?」

まさか自分でも嘔吐するとは思っていなかったのだろう。苦しそうに胃のなかのものを吐き出すと、今度はひっく、ひっくとしゃくりあげるようにすすり泣く。

「……ごめん、ごめんね。礼佳ちゃん」

彼女の興奮が収まるのを待ってから、私は静かに謝り、小さな背中を撫でる。また払いのけられるかと思ったけれど、小さく震えただけで拒否はされなかった。

「……いいよ。お風呂はやめよう。……今日は、もう寝ようか」

「………………」

返事こそしなかったけれど、礼佳ちゃんは僅かにうなずいた。

礼佳ちゃんの着替えとフロアマットの掃除を済ませると、リビングのソファで待機していた彼女はすでに眠りに落ちていた。熟睡するまで少し時間を置いてから、彼女を抱き上げて寝室に連れて行く。

ベッドの真ん中に身体を横たえると、先刻までの憤りに満ちた表情とは真逆の、安らかな寝顔を見下ろす。

よく子どもの寝顔が天使に例えられるけれど、わかる気がする。天使と見紛うくらいに愛らしくて、尊い。

寝かしつけは常に緑川くんがやってくれているから、こんな風にまじまじと寝顔を見つめることもなかった。安らかな表情を眺めつつ、気持ちがひどく落ち込んでいく。——やっぱり付け焼き刃の母親じゃだめなんだ。お風呂のひとつも入れてあげられないなんて。

当の本人にも見透かされている。礼佳ちゃんは言っていた。「ほんとうのままにあいたい」と。母親の自覚がないのだから、らしく振る舞えるわけがない。頭では理解していても、感情にまで落とし込むことは、やっぱり難しいのだ。

緑川くんは、礼佳ちゃんは私に似ていると言っていた。見た目は確かに私に似ていると思う部分が多い。ちょっと上がり気味の目とか、黒々とした髪とか、白い肌とか。でも私は、心のどこかでまだ彼女が自分の娘であることを疑っている。

心がぽっきりと折れてしまった。私は暗い気持ちのまま明かりを絞り、寝室を出た。フロアマットはきれいにしたけれど、絵本やおもちゃは散らかったまま。それらを片付けにリビングへ舞い戻る。

この絵本やおもちゃは、ほとんど私が選んだものなのだという。どれを見ても、それを買ったときの記憶が思い出せないのが悔しい。

彼女のお気に入りのバッグに入れているおもちゃは、そのなかでも特に大切にしているものだと教えてもらったっけ。

パールのような持ち手のついた、プラスチック製のバッグ——ちょうど思い浮かべていたそれが目に入り、思わず手に取った。入っているものはいつも同じ。ハート型のペンダントといくつかの指輪、ハムスターの編みぐるみ、マカロン形のスクイーズ。礼佳ちゃんが一日に一度は必ず手に取って遊んでいるのを見かける。

「……そういえば」

このなかで、ひとつだけ決して触らせてくれないものがあった。私だけではなく、大好きなパパにも。私は、黒いベルベットの布地の小さな袋を拾い上げる。手のひらに載るサイズのそれは、なかを開けようとすると「だめっ」と制されてしまう。

——今なら、こっそり見られるかな。

純粋に中身が気になった。いちばん大切にしているものはなんなのだろう。

口を縛っているひもを解き。手のひらに中身を出してみる。ころんと弾みながら出てきたのは——小さな小さな指輪だった。ピンキーリングだとしても小さいサイズで、リングの中心に青い石がついている。

「これは……」

昔からあまり貴金属に興味がない。だから手持ちのジュエリーは同年代の女性に比べて少ないし、宝石にも詳しくない。

だけど、私はこの指輪を彩る石が、タンザナイトという宝石であることを知っている。決して名の知られている宝石ではないのに、どうして？

と同時に――脳裏に、この指輪を人差し指に填めた赤ちゃんの姿が浮かんだ。

私はその子をこの目で見たのだ。……いつだっただろう。

頭が締め付けられるように痛む。考えることを放棄したくなるけれど、絶対にそうしてはいけないと思った。痛みに耐え、浮かんだ記憶のシルエットを追いかける。

そのとき、私はとてもとても幸せな気持ちでいたはずだ。世界中の幸福という幸福を花束にしてプレゼントしてもらったときのように、ずっと笑顔で過ごしていた。

……それはなぜ？

『はい、お父様もお母様も笑ってくださいね』

誰かの声が頭のなかで響いた。

『笑ってください、一生ものの写真ですからね――はい、撮りますよ……』

耳元でシャッターの音が響いた――刹那、頭の奥がさらにきゅうっと絞られるような錯覚がした。そして、脳内のスクリーンに流れ込んでくる濁流のような映像の数々。

あまりの痛みと勢いに、呼吸をすることさえも忘れてしまいそうになる。

圧倒されつつも、そのひとつひとつに目を凝らした。映し出された映像が、私のなかのデータベースに蓄積されていく様子は、ぽっかりと空いた穴を塞いでいく感覚に似ている。

――そうだ。これはあの子の……礼佳のベビーリング。

礼佳が生まれた記念に、私が彼女にプレゼントしたものだ。タンザナイトは、十二月生まれである礼佳の誕生石。

「大きくなったらこれに鎖を通してあげるね」と約束した。「それまで、失くさないで大切に取っておいてね」とも。それ以来、礼佳はあの指輪を本当に大切にしていて、「あやのだいじ！」と、両親である私たちにも触らせてくれなくなったのだ。

ひとつ思い出してしまったら、堰を切ったように様々な記憶が溢れ出てきた。

決して順調なお産ではなくて、生まれるまでに丸二日かかったこと。だから生まれたての礼佳を見て、安心してぼろぼろ泣いてしまったこと。右も左もわからず、助産師さんの指導のもと初めておむつ替えをしたこと。退院してからも、慣れない育児に苦戦したこと。

最初は接し方もわからないし、大変なことばっかりで、正直、かわいいと思えるまでに時間がかかった。でも私に甘えてくれる姿が愛おしくて、にこっと微笑む姿を見つめているだけで、胸を優しく掴まれるような……今まで経験したことのない気持ちになったのだ。

いつの間にか、ひどい頭痛が止んでいた。私は足音を立てないようにしながら、もう一度寝室に戻った。ぐっすりと寝入っている礼佳の顔を、先ほどとはまるで違う感情で眺めている自分に気が付く。

――こんなに大切なのに、今まで忘れていてごめんね。

胸の内から愛おしさが溢れ出して止まらない。目頭が熱くなって、寝息を立てる彼女の顔が涙で滲んでいく。

礼佳は私の大事な娘だ。自分の命に代えてもいいと思っている。それなのに――こんなにもかけがえのない存在が、すっかり記憶から抜け落ちてしまっていた。

両頬に熱い滴があとからあとから伝っていくのを拭っていると、玄関の鍵の施錠を解く音がした。悪いことをしているわけではないのに、息を潜めていると……ほどなくして、帰宅した緑川くんが寝室の扉をそっと開けた。

「ただいま。今日は大丈夫だった？」

小声で訊ねてくる彼に返事をしなければと思い、片手で涙を拭う。

「……どうしたの、礼乃？」

ベッドの上で、礼佳を見下ろしたまま目元を擦る私を見て、彼が心配して訊ねる。

「こっちにおいで」

手招きをされ、リビングへと向かう。廊下に続く扉を閉めるや否や、扉の前で向かい合う。口火を切ったのは私だった。

「礼佳のことを思い出したの」

「……本当？」

にわかには信じられない、といった風に彼が訊き返した。私がしっかりとうなずく。

「礼佳っていう名前は……生まれてくる子どもが女の子だって知ったときから、まるで自分の分身みたいって思って、うれしくて……それで、自分の名前から一文字取って付けようって思ったの。そうでしょう？」

「うん。そう聞いてるよ」

そのときの感情がつぶさに蘇った。自分の身体に宿った命を心から歓迎している。その証拠を、名前に刻んでおきたかったのだ。私は、彼を見上げたまま続けた。

「礼佳は私の娘。初めての出産で、どうしていいかわからないなりに一生懸命に育ててきた大切な子なのに、そんな礼佳を忘れてた……私、礼佳に申し訳なくて……」

涙腺が壊れてしまったのかと思うくらい、頬を落ちていく涙で言葉が続かない。時を巻き戻せないのは百も承知だけど、できるならばそうしたかった。彼女を忘れたまま、他人の子のごとく接していた自分が許せない。

「礼乃、聞いて」

泣きじゃくる私の肩に触れた緑川くんが、優しく呼びかける。そして、耳元でこう囁きながら、私の背中に腕を回した。

「──申し訳なく思う必要なんてないよ。ちゃんと記憶が戻ったんだから、それでいいじゃないか。それでも悪いと思うなら、忘れていた分だけ愛してあげればいい」

「緑川くん……」

力強く温かな腕。そして、まるで子どもに言い聞かせるみたいな、穏やかな物言い。強い安心感を覚えるその所作と口調が、私の感情の高まりを鎮めてくれる。

彼に抱きしめられたのは初めてだったけれど、触れられるのはいやじゃなかった。大学のころの彼の記憶だけなら拒否感もあったかもしれないけれど、生活をともにしている今、彼に助けてもらったり、頼りにしている部分が多くあることを知っているから、自然と受け入れることができた。

私は彼の胸に身体を預けながら、スーツの袖をぎゅっと握る。

「私、これからはちゃんと母親として礼佳を愛すから。忘れていた時間の分だけ……

ううん、それ以上に」

「うん。きっとよろこぶよ」

支える手の片方で、私の頭をふわりと撫でる緑川くん。

彼の手のひらが心地よくて、ずっとこうしていてほしいとさえ思ってしまう。

「やっぱり……私が知ってる緑川くんと、今の緑川くんって、別人だね」

「そう？」

顔を上げると、彼の視線とかち合う。私が「うん」とうなずくと、彼がくすっと笑ったあと、慈愛に満ちた瞳で私を見つめる。

「礼乃は今も昔も変わらないよ。俺にとっては、どちらも魅力的でたまらない」

「っ……」

ゼロ距離で身体を触れ合わせているからだろうか。耳元に落ちる彼の声がひどく情熱的で、胸をじりじりと焦がされる錯覚がした。

――どうしよう。私、今、緑川くんにすごくときめいてしまっている。普段は同居人として接しているはずの彼を、異性として素敵だと思ってしまっている……。

甘い熱に浮かされていると、彼は私の頭をもう一度撫でてから、身体を離した。

「――お風呂、まだなんだね。ゆっくり入っておいで」

「緑川くんは？」

「俺はそのあとでいいから」

会食のあとで疲れているだろうに、申し訳ない。そう伝えると。

「じゃあ一緒に入る？」

「いっ⁉」

私はつい大声で訊き返してしまった。すかさず彼が人差し指を立てる。

「声が大きいよ、礼佳が起きちゃう」

「ご、ごめん」

――だって、緑川くんが一緒に入るなんて言うから。想像して、ドキドキしてしまったじゃないか。反論しようとしたところで、「冗談だよ」と彼が笑った。

「気にしないで入っておいで。礼乃だって今日は疲れたでしょ」

「あ、ありがとう。じゃあ、そうさせてもらうね」

「うん」

照れ隠しもあった私は、そそくさとバスルームに駆け込んでいった。

私はその夜、久しぶりに礼佳の母親として、彼女のとなりで眠りについたのだった。

■□■

――翌朝。目が覚めると、俺の起床時にはまだベッドでごろごろしているはずの礼佳の姿が見えない。不思議に思ってリビングに向かう。

キッチンからほんのりと漂うこの香りは、まさか――……？

「礼佳、できたよ～」

「やったー！　かれー！」

キッチンから礼乃が呼びかけると、ダイニングテーブルの椅子に座っていた礼佳がよろこびを隠し切れず、ぴょんと床に降りて飛び跳ねている。

「緑川くん。おはよう」

扉を開けた俺に気付いた礼乃が、俺に挨拶をする。俺は、小躍りしたまま「おはよう～」と呼びかけてくる礼佳に挨拶を返してから、キッチンの礼乃のそばに行く。

「礼乃もおはよう。どうしたの？　朝からとは珍しいね」

懐かしくさえ思えるこの香りは、礼佳の大好物であるカレーだ。

「うん……実はね――」

話を聞くと――礼乃は礼佳が起きたときに、彼女を抱きしめ、これまでのことを謝ったのだという。おそらく礼佳は謝られたことにピンときていないだろうし、礼乃が悪いわけでもないのだけど、本人がそうしたかったのだろう。大事な娘の記憶を失くしてしまっていたのだから。

すると、礼佳が「ままのかれーがたべたい」とせがんできたのだとか。礼乃オリジナルの、礼佳のために作った甘口のカレー。礼佳の大好物だ。

「レシピ、思い出したんだ」

「そうなの。だからこんな時間だけど作ることにしたんだ」

「いいんじゃないの、朝にカレーでも。俺も食べていい？」

「もちろん」

うれしそうに笑う礼乃を見られるのはよろこばしくて、自然と笑みがこぼれる。事故のあと、彼女の顔から笑顔が目に見えて減ったことが気にかかっていたから。

「……一緒に緑川くんとのことも思い出せればよかったんだけど……」

ぽつりとつぶやくと、彼女の笑みが翳る。

昨夜、俺がバスルームから出てくるのを待っていた彼女と、寝る前にもう少しだけ話をした。俺のいない時間に礼佳の世話で手を焼いたことや、お風呂は俺じゃないとやはりだめで、嘔吐してまでいやがったこと。そして、その後思い出した記憶のこと。

記憶が戻るきっかけになったのは、礼乃が礼佳に贈ったベビーリング。それを見た礼乃の頭のなかに、礼佳との思い出がまるで膨大な量のアルバムを捲っていくみたいに展開されていったのだとか。興奮した様子を見るに、鮮烈な感覚だったのだろう。

ただ――残念なことに、礼乃が思い出した記憶は礼佳を主軸にしたものだけだった。つまり、礼佳がひもづけられていない記憶に関してはまだ戻っていない。……不思議だけど、そういうこともあるのか。俺は励ますように彼女の肩を叩いた。

「それはおいおいで構わないよ。まずは礼佳を思い出せて、一歩前進したからね」

「……そう言ってもらえると気が楽だよ」

本音を言えば、早く俺のことも思い出してほしい。もう慣れつつあるけれど、自分の妻から『緑川くん』なんて他人行儀な呼び方をされると、ふと我に返ったときに寂しさが襲ってきてしまう――

「――あの、と、とう、や、くんっ……」

そのとき、彼女がおもむろにコンロの火を止めて、身体ごと俺のほうを向いた。そしてごくりと唾を飲んでから、俺の心を読んだみたいに――ここ最近、ずっと聞くことのなかった言葉を、途切れ途切れに紡いだ。

「礼乃……？」

――今、もしかして……俺の名前を呼んで……？

「あ、やっぱりだめ。ごめん、今の聞かなかったことにして」

途端に彼女の顔が真っ赤になる。そして、表情を隠すみたいにさっと俯いた。

「そういうわけにはいかないよ」

言いながら、俺は彼女の顎にそっと指を添えて仰がせる。

「――どうして名前で呼んでくれたの？」

礼乃の瞳は羞恥のためか微かに潤み、揺れていた。じっと見つめると、視線から逃れるみたいに目を逸らす。

「り……璃子ちゃんに聞いたの。私、緑川くんのことそう呼んでたんでしょ……？」

俺がうなずくのを視界の端に捉えた礼乃が、震える唇で続ける。

「――緑川くんのこと、思い出せなかったから……せめて、呼び方だけでもと思ったんだけど……」

「……ありがとう、礼乃。すごくうれしい」

俺はたまらず礼乃を抱きしめた。俺には愛しい妻でも、彼女には『学生時代に苦手だった同期』だから、過度なスキンシップは禁忌としていたのに……我慢できなかった。

昨夜、初めてその禁忌を破って彼女に触れ、箍《たが》が外れてしまったのもある。

「でっ、でもこれ、思った以上に恥ずかしいから――やっぱ無理かもっ……」

胸を軽く押されたので、少し残念に思いつつもすんなりと彼女を解放する。

「そんな。これからずっと呼んでもらえるって期待してたのに」

からかうように言うと、とんでもないとばかりに彼女の首が小刻みに横に揺れる。

……まぁ、そうか。俺たちが結ばれるまでにはそれなりの時間がかかったわけだし、それを飛び越えろというのはあまりに乱暴だ。俺は意識的に笑みを作った。

「――なんて。……呼ぼうと思ってくれただけでも、俺は満足だよ」

夫の存在さえ忘れた彼女を、丸ごと受け入れると決めたのだ。これだけでも一歩前進。焦ってはいけない。失くしたものは、時間をかけて取り戻せばいい。

「あっ、ありがとうっ……すぐテーブルセットするから、待ってて」

「うん。俺も手伝うよ」

分担して朝食の準備をする。ダイニングテーブルの上は、三人前のカレーライス。小ぶりな器にキュウリとミニトマトのサラダを添え、俺たちはそれぞれの席に座った。

「いただきまーす」

礼佳の高らかな声が響いた。大きな口でカレーライスをぱくりと頬張る。

「おいしい～！」

待ちに待った大好物を噛み締めて、礼佳はご満悦だ。

「ほんとうのまま、だいすき！」

「ありがとう、礼佳。ママも礼佳のこと大好きだよ」

礼乃の記憶が戻ったのは、礼佳にも伝わったのだろう。昨夜はケンカのようになってしまったと聞いていたけれど。微笑み合っている様子を見る限りでは大丈夫そうだ。

……本当に、よかった。

「あのね～まま、きょうは、ままとおふろにはいってあげる～」

『はいってあげる』という言い方につい噴き出してしまった。そこまで言うのならもう、わだかまりはないはずだ。礼佳が俺のほうを向き直る。

「ぱぱは、あしたいっしょにはいってあげるね～」

「うん、わかった」

俺にも『はいってあげる』か。礼佳の肩越しに、礼乃も笑っている。

今は、愛する娘と妻の笑顔を見られるだけで十分だ。俺は出勤前の時間を目いっぱい使って、この幸せを享受したのだった。

4

事故に遭ってから三ヶ月以上が経ち、紅葉の季節に差しかかっていた。

娘の礼佳にまつわる記憶を思い出し、同じように緑川くんとの記憶も蘇ってくるものだと思ったけれど、当ては外れた。記憶は時系列に沿って戻るものかと思いきや、そうとも言い切れないらしい。人間の脳は複雑で、ある特定の一分野の記憶が欠けたり、蘇ったりするパターンもあるとか。

私で言うと、礼佳に関するできことはほぼ思い出せるようになったものの、そのとき周囲にいた人たちの様子や状況などは、もやがかかったようにぼんやりとしている。それらを鮮明にさせるには、さらに記憶の糸を手繰り寄せる必要がありそうだ。

そんなこんなで、これといって変化のない日々を過ごしているのだけれど――私は、その穏やかな日常を心地よく感じていた。

休職中の身なので、時間だけはたくさんある。そのため習いごとをふたつ始めた。

ひとつは料理教室だ。料理に苦手意識を持っていて、それを自分で克服しようとしていた記憶を思い出したのも理由のうちだけど、礼佳においしいご飯を食べてほしいという気持ちがメインだ。自分のためには頑張れないことでも、子どものためなら頑張れる。親になって初めて、そういう気持ちになれると知った。

もうひとつは英会話教室。大学時代に英会話教室に通っていて、日常会話程度なら問題なく話せるのが自慢だった。緑川くんの話だと、私は卒業後にさらに英語力に磨きをかけるために、引き続き英会話教室に通いつつ、国際的な英語能力テストの勉強をしていたようだ。秘書の仕事はなんでも屋のようなところもある。英文での文書の内容把握やメール対応にも必要なスキルだからこそ、コツコツ頑張っていたのだろう。

私はこのころ、職場復帰をしたいと考え始めていた。やはり家のなかで多くの時間を過ごすのはつらいものがあり、仕事でいろいろな人と接したほうが気持ちも上向きそうな気がする。忙しくはなるだろうけれど、働くよろこびをもう一度感じたい。料理や英語はどちらも私にとって必要だろうから、俄然やる気も出るというものだ。

「礼佳、ママそろそろご飯の支度するから、お菓子はそれでもう我慢ね」

ダイニングテーブルの椅子に座り、ビスケットを齧っていた礼佳にそう呼びかけ、私はビスケットの袋をクリップで留めた。

「はーい」

「うん、偉いね」

素直に言うことを聞いた娘の頭を優しく撫でると、礼佳はうれしそうに笑った。

「ぱぱきょう、はやくかえってくる？」

「うん。今日は早いって朝言ってたよ」

「やった〜」

嬉々とする礼佳の顔を見て、心がじんと温かくなった。……かわいい。

もう自分を『ママ』と言う気持ちに、戸惑いや迷いはない。

私は礼佳の母親だ。そのことがわからなくなった期間があるなんて、今ではそちらのほうが信じられないくらい。

私と礼佳の関係がよくなったのに安心して、緑川くんは夜に仕事や会食の予定を入れることも増えた。といっても、だいたい週に一、二度。それまでは私と礼佳をふたりきりにするのはよくないと、夜は必ず在宅していたけれど、今はなんの問題もない。

食事も寝かしつけも、いちばんの懸念だったお風呂まで、彼女は私を受け入れてくれている。無理をしているのではなく、『ママである私』ならばいいよ、という感じだ。

ビスケットの袋をキッチンのパントリーに片付けていると、玄関の扉が開いた。

「あっ、ぱぱ」

大好きなパパの帰りを待っていた礼佳は、この音にすぐ反応した。ビスケットを入れた口をもごもごさせながら、玄関に駆け出していく。

「ただいま」

「おかえりなさーいっ！」

「ただいま、礼佳。いい子にしてた？」

「うん！」

廊下に続く扉が開け放たれたままだから、ふたりの会話がキッチンにも届いた。革靴からスリッパに履き替えた緑川くんの足音が近づいてくる。

「礼乃、ただいま」

室内に入ってきた彼が、私のいるキッチンを覗きながら言った。

「おかえりなさい。ごめんね、これからご飯の支度しようと思ってたところ」

「いや、俺が早すぎただけだから」

時刻はまだ十八時前。いつもの彼にしては、確かに帰りが早い。

「ぱぱーあそんで〜」

「いいよ。着替えてくるから、そしたら遊ぼう」

「まってるね〜」

パパの周りを意味なくぐるぐると回る礼佳に笑みをこぼしつつ、緑川くんは寝室へ向かった。

夕食の支度を始めようと冷蔵庫の扉に手をかけたところで――そうだ。彼に報告しなければいけないことがあったんだ、と思い出した。夕食のときでもいいけれど、礼佳がいないところで話すべき内容である気もする。

私は礼佳がフロアマットの上でお気に入りのおもちゃを並べ、集中して遊んでいるのを確認してから寝室に向かった。

「緑川くん、ちょっといい――」

扉を開けた瞬間、寝室のウォークインクローゼットの横で上半身裸になっている彼の姿を見つけて、思わずうしろを向いた。

「っ、ご、ごめんっ」

――うっかりしていた。着替えに行ったのだから、服を脱いでいて当たり前なのに。

「ん？　どうしたの？」

慌てて謝ったけれど、彼はなぜ謝られているのか理解していないようだった。礼佳という既成事実がいるのだし、彼からしてみれば今さら裸を見たくらいで動揺されても……というところだろう。

顔が熱い――いけない、いけない。本題に入らないと。

私はうしろを向いたまま切り出した。

「……えっと……今日のお昼、病院だったんだけど……そろそろ職場復帰も視野に入れているって話をしたら、心理療法士のカウンセリングを勧められたの。対話を通して記憶を思い出すきっかけを見つける、っていうか。……緑川くんはどう思う？」

職場復帰をするなら、この六年間で身に付けた技能や得た情報があったほうが断然いい。すると主治医から、カウンセリングで変化が見込めるかもしれないと提案されたのだ。現状を受け入れ始めている今の私になら、勧めてもいいだろう、と。

「礼乃はどうしたい？」

「私は……記憶を取り戻すきっかけになるなら、受けたいと思ってる」

背後から聞こえてくる緑川くんの声に、病院から自宅までの道すがら考えていたことを述べる。

やっぱりわからないことが多いのは不安だ。このまま……一部の記憶を忘れたまま生活できなくはないのだろうけれど、この日々が築き上げられるまでに起きたできごとや人間関係に対して、自分なりに納得したい。

「もうこっちを向いて平気だよ」

それを合図に、私はまた緑川くんのほうを向いた。部屋着の黒いTシャツとパンツのセットアップは、同じ組み合わせを複数持っている。家のなかだけで過ごすとき、これ以外を着ているのを見たことがない。彼が真面目な顔でうなずく。

「礼乃が受けたいなら賛成だよ。先生もそのほうがいいと判断して勧めてくれたんだよね？」

「うん」

「ならカウンセリングを受けよう。日にちが決まったら教えて。俺も一緒に行く」

「緑川くんも？」

少し驚いて訊ねると、彼はちょっと心細いような表情をしてから苦笑する。

「ひとりで行くより安心じゃない？　……というより、ごめん。俺が礼乃をひとりで行かせるのが不安、っていうほうが正しい。だから、一緒に行かせて？」

なにかあったときには、そばにいたいと思ってくれているのだ。自分のことのように気にかけてくれるのはうれしい。

「ありがとう。じゃあ、お願いします」

彼がそばについていてくれるなら、私もリラックスして臨めそうだ。

「ご飯作ってくるね」

「うん」

私は廊下に出て、寝室の扉を閉めた。

緑川くんと夫婦として生活するようになり二ヶ月と少し。彼へ抱く感情もずいぶんと変わった。

私のなかで、学生時代に苦手視していたいじわるな緑川くんはもうほとんどいなくなっている。代わりに現れたのは、優しく誠実で頼りになる、愛娘のパパだ。どんな風に彼と恋に落ち、結ばれたのかは見当もつかないけれど、大切な家族であることには変わりない。

礼佳と緑川くんと過ごす日常は、存外に楽しく温かいし、三人でいることに居心地のよさを覚えている。そんな今だからこそ、ちゃんと失くしたものを取り戻したい。いつも私を支えてくれる彼のためにも。

「！」

リビングに戻ろうと、一歩踏み出そうとしたとき——不意に、緑川くんの引き締まった体躯が脳裏に浮かんで、足を止める。

スタイルがいいのに厚みのある胸板。割れた腹筋。逞しい腕。スーツの下がそんな風になっているなんて知らなかった。いけないものを見た感じがして、顔が熱くなる。

大学ではフットサルサークルに入っていた彼のことだから、運動は嫌いじゃないのだろう。今も定期的に身体を動かしているのではないか。

――というか、緑川くんの身体を思い浮かべてドキドキするなんて、なにしてるんだろう、私は。こんなのまるで、異性として意識しているみたいじゃないか。

……いや。みたい、じゃなくて、意識している。いい加減、そろそろ認めなければ。

礼佳の記憶が戻った夜、情けなさで泣いていたとき。翌朝、申し訳なさもあって『透哉くん』と名前を呼んでみたとき。緑川くんは私を優しく抱きしめてくれた。まるで、そうされるのが自然であるように、抱きしめる彼の腕は頼りがいがあり、どうしようもなくときめいたのだ。あれは異性に対するドキドキに他ならない。まさか天敵である彼に、こんな感情を抱く日が来るなんて……。

だからこそ心から知りたい。愛情を通わせたあとの私たちって。どんな感じだったんだろう？　告白したのはどっち？　プロポーズしたのは？

初めてあの男性らしい魅力的な身体に抱きすくめられたのはいつ――？

「なにしてるの」

「ひゃっ！」

うしろから急に声をかけられて、飛びのかんばかりに振り返る。そこには、きょとんとした顔の緑川くんがいた。

「……あ、ううんっ。ちょっと、考えごとしてただけっ」

「……？　そう」

思考を読まれたりはしてないはずだけれど、もしこんなことを考えていたと知られたら恥ずかしくて死にそうだ。

私は追及されるよりも先に、素早くキッチンに戻った。

◆◇◆

――そんな週末。なにかと気にかけてくれる璃子ちゃんと瑛司くんが、私たち家族三人と一緒に昼食をとるため、家を訪ねてきたときのこと。

「デートっ⁉」

ダイニングテーブルで向かい合う璃子ちゃんからの提案に、私は小さく叫んだ。

「そそ。瑛司と一緒に礼佳を見てるから、たまにはふたりで行ってきたら？　ねっ？」

璃子ちゃんのとなりに座る瑛司くんがこくりとうなずく。

「……璃子ちゃん、気持ちはうれしいけど……」

「どうして？　兄貴は最近土日も仕事になったりするみたいだし、ふたりでゆっくりする時間ないんでしょ？　なんなら泊まりがけでもいいんだよ？」

「いやいや、さすがにそれは――」

「それいいかも」

「み、緑川くんっ⁉」

礼佳を挟んでとなりに座る彼が私の言葉を遮って言った。彼は乗り気みたいだ。

「璃子も瑛司くんもそう言ってくれてるし、たまにはいいんじゃないか？」

「でも、礼佳が寂しがるんじゃ……」

横で紙パックのオレンジジュースを飲んでいる礼佳をちらりと見た。家ではパパとママにべったりの彼女が、どちらもいない環境に耐えられるはずがない。

「ねぇ礼佳、今度私の家に泊まりに来ない？」

すると、前のめりになった璃子ちゃんが、礼佳に訊ねる。

「りっちゃんち？」

「そそ。最近丸屋のじーじとばーばに会ってないでしょ。ふたりとも会いたがってたよ。礼佳に会ったらうれしくて好きなおもちゃたっくさん買ってくれるかも」

緑川くんのご両親とは、丸園の五周年記念パーティーでご挨拶をしたっきりだ。仮面夫婦の実父母とは違い、いつも仲睦まじくて理想の夫婦。お人柄も温かくて、すぐに好きになった。

緑川くんや璃子ちゃんから私の現状を聞いているせいか、ケアは私の両親に任せ、一歩引いた位置から静かに見守ってくれている。私の手前遠慮しているみたいだけれど、おふたりも孫と交流したいに違いない。

「おもちゃ、たくさん？」

好物のオレンジジュースに注がれていた意識が、瞬間的にまだ見ぬおもちゃに移った。ほぼ飲み切った紙パックを机に置き、両手をばんざいさせる。

「いくー！　あや、りっちゃんちいく～」

「おいでおいで。礼佳はもうすぐ四歳のおねえさんだから、ひとりで泊まれるよね？」

「ひとりでとまれる！」

得意げに言い切ると、礼佳は私と緑川くんとを交互に見ながら言った。

「――ぱぱとまま、あやがいなくてさみしくてもなかないでね！」

「……って感じに話がまとまったし、いいよね？」

そんな礼佳のドヤ顔を見て噴き出した璃子ちゃんが、今度は私に訊ねる。さすがは叔母。姪の扱いはよくわかっているようだ。

「あとで日程調整しよう。礼佳、璃子やじーじたちの言うことをよく聞くんだよ」

「うん！」

緑川くんは「話は決まった」とばかりに、買ってもらうおもちゃの話題で礼佳と盛り上がっている。

「もうっ、勝手に決めて……」

「せっかくの夫婦水入らずなんだから素直に楽しんでおいでよ。久々のデートでしょ」

璃子ちゃんの言う通り、ふたりだけで過ごしたのは退院直後の数時間。ランチに連れて行ってもらったときだけだ。

「べ、別に私はデートなんて」

「いやなわけじゃないんでしょ？　兄貴とふたりきりになるの」

周囲に聞こえないように、璃子ちゃんが耳打ちをして訊ねる。

「……それは、まぁ」

――正直、いやではない。むしろ、それもアリかも……とか思ってる自分もいる。

「じゃあ行っておいでって。ふたりで新しい思い出作ってくればいいじゃない。あわよくば、昔の記憶も過るかもしれないし」

「う、うん……」

復職を目指す今、自分の立ち位置に違和感を覚えたままでいたくない。過去を余すところなく取り戻せるチャンスがあるなら、行ってみてもよさそうだ。

「ねーあやおなかすいたー。はやくごはんたべにいこっ」

緑川くんとの会話が途切れると、礼佳はお腹の辺りを両手で押さえて不満げに喚いた。そのしぐさを見ていた璃子ちゃんが、ふふっと笑って椅子から立ち上がる。

「そうしよ。よーし礼佳、一緒に玄関まで競走しよっ」

「わーい」

このあとは、みんなで近所のカフェに行くことになっている。とれたての有機野菜と自家製のハムやソーセージを使ったサンドイッチやガレットが売りのお店で、個室が完備されており、子連れでも周囲の目を気にすることなくゆっくり食事ができる。事故の前にも、何度か訪れていたようだ。

「こらこら、走らない」

璃子ちゃんと礼佳が玄関に続く廊下を我先にと駆けていくのを、緑川くんが窘めながら追いかける。

「どうしたんですか、困った顔して」

座ったままの私の顔を、遅れて立ち上がった瑛司くんが覗き込む。

「あ……ううん。そういうわけじゃないけど」

そう、困ってはいない。ちょっと動揺しているだけだ。

緑川くんとふたりで間が保つだろうか。私たちのそばには常に礼佳がいるから、そうじゃない環境に早くも緊張してしまう。

「あの、礼乃さん。最近の記憶……本当に戻ってないんですか？」

「……？　うん」

「本当に？」

「そうだけど、どうして？」

瑛司くんの瞳が、ほんの一瞬鋭く光った気がしたけれど——彼はすぐに、邪気のない顔で微笑む。

「いえ。……あ、ほら、行きましょう。置いて行かれちゃいます」

「う、うん。そうだね」

私が微妙な表情をしてしまっていたのを、彼はそう解釈したのだろうか。

瑛司くんはいい子だ。でも、たまにこんな風に念を押してくるのが妙に気になる。

それだけ私の変化を気にかけてくれているということなので、ありがたいはありがたいのだけれど……。

「礼乃?」

「ごめん、今行く」

玄関から緑川くんの声が飛んでくる。私は気を取り直してみんなのもとへ急いだ。

◆◇◆

璃子ちゃんたちと日程調整をしたところ、先々になるよりは直近のほうが予定がわかりやすく望ましいとのことだった。なので私たちは翌週末、礼佳を璃子ちゃんと瑛司くんに託し、ふたりきりで出かけることにした。

行先は郊外とだけ聞いている。遠出も考えたみたいだけど、明日の昼には礼佳を迎えに戻らなければいけないことを考えると、移動に時間がかかりすぎるのは惜しい。その代わり、私の好きそうなところを選んでくれたらしいけれど——詳細は、内緒。

「礼佳、別れるときもご機嫌だったね」

行きがけの車内は、やはり愛娘の話題だ。彼女を璃子ちゃんと瑛司くんに預けたときのことを思い出す。私は助手席から、彼の横顔を見つめて言った。

「おもちゃが効いたんだね。じーじとばーばにたくさん買ってもらうって張り切ってた」

璃子ちゃんたちは礼佳を連れて緑川くんの実家へ行くらしい。璃子ちゃんの部屋に泊まるんだ、と礼佳がはしゃいでいた。

「瑛司くんも実家に泊まるの？」

「まさか、嫁入り前の娘だし。食事くらいは一緒にするだろうけど」

当然と言えば当然か。婚約しているとか遠方から来たとかならともかく、ひとつ屋根の下に若い男を泊めるのは、親としては複雑なのだろう。

「瑛司くんのこと、気に入ってはいるみたいだけど……昔の人間だから、身分差を感じてるのもあるし。特に、うちの父親のほうがね」

「身分差かぁ……」

社長の娘と、その秘書の息子。企業としての箔や今後の組織拡大などを考えると、それに見合った相手を宛てがいたいと思うのは、経営者の親心だ。

「緑川くんは瑛司くんとの恋愛や結婚に反対？」

私が訊ねると、運転席の緑川くんは「うーん」と小さく唸る。

「丸園には俺と礼乃がいるし、個人的には、璃子の自由でいいと思ってるよ。特に結婚となれば毎日顔を合わせる相手だから、好きな人じゃないとつらいだろうし」

「……そうだね」

私は璃子ちゃんの気持ちを聞いているし、応援したいと思っているから、緑川くんがそう答えてくれたことにホッとした。……味方がいてよかった。

「俺は幸運にも、立場と感情を両立できる相手を見つけられたけど……」

彼はふっと微笑んでからそう言うと、私を一瞥した。

――なんかすごく、照れる。胸がじりじりするような感覚に、私はつい俯いた。

しばらくして車は高速道路に入った。窓を開けると、吹き込んでくる風が心地いい。

「ドライブって、よくしてたの？」

「うん。礼佳が生まれる前も、生まれたあともね。生まれる前は、評判のいいカフェやトラットリアを調べては行ってた。でも、生まれたあとのほうが断然多いかな」

聞きながら、ふたりともイタリアンが好きだ、という話を思い出した。それから、
緑川くんがちょっと困った風に眉を下げる。

「礼佳、最初の一年くらいは全然寝なかったよね」

「そうだったね」

おかげで、私はずっと睡眠不足だった。けど、チャイルドシートに乗せて車を走らせるとすぐに寝ると気付いてからは、夜や休みの日にずっとぐずっているときなど、

ドライブをしていたはずだ。

連れて行ってくれたのは、おそらく緑川くん。ときには礼佳だけを連れ、その間私に自由な時間をくれたりもした……ような気がする。

保育園に行って生活習慣が整ったおかげか、今でこそ遅くても十時前には自分で寝室に行きたがり、横になるとすぐにうとうとし始めるようになった。……懐かしい。

彼も同じ記憶に思いを馳せているのだろうか。前を見つめる表情に、ほんのりとした笑みが灯っている。

「……礼佳も三歳――もうすぐ四歳か。ここまであっと言う間だった」

ぽつりとしたつぶやきのなかに、実感がこもっていた。気が付かないまま、駆け抜けたみたいな。

「優しいんだね、緑川くんは」

私の想像通りならば、常に仕事と並行して、私や礼佳のケアを丁寧にしてくれていたことになる。彼自身も疲れていただろうに。

「けっこうね。割と頑張ってるでしょ?」

「うん」

お世辞抜きでそう思う。冗談っぽく言う緑川くんに、すかさず相槌を打った。すると彼は少し意外そうに首を捻る。

「俺のこと苦手な割りに、信じてくれるんだ？」

「緑川くんのことを思い出した直後だったら、信じなかったかも。だって、そういうキャラじゃなさそうだから」

大学時代の彼は、いじわるですぐに私を揶揄する人というイメージしかなかった。

「――でも今は違う。あなたはすごくいいパパだよね。仕事の重圧もあるでしょうに、いつも家庭を大事にしてくれて……礼佳が懐くのがよくわかる」

いい意味で、彼への印象は一八〇度変わった。優しくて誠実で頼りになる存在。それは、礼佳にだけじゃなくて――

ずっと、いつかのタイミングで言おうと胸にしまっていた言葉を、今告げるときだと思った。私は意を決して続ける。

「……私にとっても、素敵な夫……だよ」

「礼乃……」

過去は過去だ。今、私の目の前にいる緑川くんは、たとえ記憶がなくても――誰よりも信頼できる人であることには間違いない。

……本当は、彼を異性として意識していることも伝えなければいけないのだけれど、気恥ずかしさが邪魔をして、そう口にするのが精いっぱいだった。

緊張感でドキドキと胸が高鳴り、会話が途切れる。

緑川くんは瞠目して、驚いているみたいだった。それに気付くと、心臓のドキドキはさらに増していく。緑川くんとの距離は数センチ。この激しい鼓動が聞こえてしまうかも、なんて余計に恥ずかしくなる。

「礼乃にそう言ってもらえるのが、なによりうれしいよ」

変な汗をかき始めたとき、緑川くんが優しく言って笑った。再び私たちは沈黙するけれど、決していやな雰囲気ではない。

向こう側の車窓を流れていく景色を見るふりをして、ハンドルを握る緑川くんに視線を注ぐ。瞬きのたびに伏せられるまつげは、存外に長く、黒々としている。この人、本当にきれいな顔をしているな。ずっと見ていたいほど。

——あ。この感じ、なんだかちょっと懐かしい……。

私は以前にも彼の横顔を、こんな風に高揚した気持ちで眺めていた気がする。

彼のとなりで彼を見つめて、ドキドキして。そういう時間が、私にとってとても大切だったような……。

そのとき、膝に置いていたハンドバッグから微かに振動を感じ取った。バッグのなかに手を差し入れ、スマホを取り出す。誰かからメッセージが届いたようだ。

開いてみると——不穏な文面が飛び込んでくる。

『記憶喪失は因果応報だ』

「っ……」

差出人は例の『×××』。相変わらず定期的にメッセージが届いている。内容はいつもと同じ、心当たりのない文面だ。

——またなの。いったい、私がいったいなにをしたというの？

緑川くんのほうをちらりと見やる。彼は運転に集中しているようでホッとした。

このアカウントの件は、せめて緑川くんにだけは伝えたほうがいいんじゃないか、とも思い始めていた。

でも——退院以来初めてのふたりでの外出なのに、いたずらに彼を心配させたくない。もし彼に伝えるのなら家に戻ってからのほうがよさそうだ。……今は、忘れよう。

私はスマホの液晶の明かりを落として、バッグのなかにしまった。

一時間ほど車を走らせ、辿り着いたのは緑に囲まれた見覚えのあるエントランスだった。そばに設置されている看板には『植物園はあちら』と道しるべがある。

「ここって……」

「そう。懐かしくない？」

緑川くんがいたずらっぽい笑顔を向けて言ったので、うれしくなってうなずく。

彼が私を連れてきたかったのは、某自然公園の一角にある植物園。大学一年のゼミ合宿で訪れ、彼と初めてまともに言葉を交わした場所だ。

「私、こういうところ大好き！」

「だから連れてきたんだ。今日は好きなものに囲まれて過ごしたらいいよ」

「ありがとう、緑川くん」

さすがは旦那様。私の好みをよく知ってくれている。お礼を言うと、私たちは道しるべに沿って、植物園の区画へ向かった。

「前に来たときは夏だったよね」

「そうだね。だから咲いている花も少し違うかも」

ゼミ合宿のときは目を開けていられないほどの日差しだったけれど、この時期は柔らかい。緑川くんが、柵の向こうの花々や植物に視線を向ける。

「行こう。順路はこっちだって」

彼は私に呼びかけると、片手を差し出した。

――これは、手をつなごうってこと……？

「う……うん」

ほんの一瞬だけ戸惑ったけれど、私は緑川くんの手を取った。病院で意識のないときに握られていたり、礼佳ちゃんが間に入って触れ合わされたりしたけれど、こうして自分たちの意思でつなぐのは初めてなんじゃないだろうか。……少なくとも、私にとっては。

――緑川くんの手、温かくて心地いい。ドキドキするのにホッとする。不思議な感覚だ。

私たちはしばらくの間、昔話を交えながら順路を辿った。

「カラーはこっちにあったよね？」

途中、彼は私のお気に入りを思い出し、教えてくれた。時折、つないだ手を意識してしまうと、無性に恥ずかしい。

「あっ……い、今はシーズンじゃないから、お休みみたいだね」

私は羞恥を押し隠して告げる。昔の記憶では確かにこの辺りだったけれど、開花時期が終わったためか花がらが取り除かれてしまっている。

「そっか、残念」

もしあのとき、この場所にカラーを植えてなかったら。もしくは、もっと全然違う場所に植えてあったなら。私と沙知がここに留まっておしゃべりをすることもなく、緑川くんと会話を交わす機会もなかったのだろうか。そう考えると感慨深い。

「でも、違うお花がいっぱいあって楽しい」

秋の花は夏のそれと比べ、色合いが落ち着いているものが多い。当時のものとはまた違った魅力を堪能できてうれしい。

「よろこんでくれてよかった」

「うん。ありがとう」

きれいな花を眺め、ぽつりぽつりと感想を言い合うだけなのに、私の心はひどく高揚していた。

「──ねぇ、緑川くん。クイズね。この赤いお花はなんでしょう？」

植物園の区画には、たまに名前の札が見えにくかったり、札自体が見当たらない花もいくつかある。私はそのなかから、比較的フラワーショップで見る機会がありそうな、親しみのある花を指差して訊ねてみる。男性はお花に疎い人が多そうだから、彼は答えられないかもしれないと思ったのだけれど──

「ガーベラだね」

――まさかの即答。意表を突かれた感じがしてむきになった私は、そのとなりに咲く、丸みを帯びて花弁が幾重にも重なるオレンジ色の花を指し示す。

「じゃあこっち」

「ダリア」

「なら、これ――ここに咲いてる茶色い花は？」

敢えて名前を挙げるのが難しそうなものを選んだのは、ここまで淀みなく正解を出した彼の、ちょっと困った顔が見たかったからだ。でも。

「これは確か……チョコレートコスモス？」

彼は少しだけ考えるしぐさをしたものの、無事に正解に辿り着いていた。

「――で、チョコレートみたいに甘い香りがするんだっけ」

「すごい、詳しいんだ。緑川くん、花なんて好きだったっけ？」

まさか彼の口から花の名前がすらすら出てくるとは思わなかった。ゼミ合宿でここを訪れたときも、熱心に観察しているようには見えなかったのに。

私がぽかんとした顔をしていたのだろう。こちらを見て、彼がおかしそうに笑う。

「うん。礼乃のおかげでね」

「私の？」

聞けば、私たちは季節の花をよく見に行っていたのだとか。覚えてしまったのは、私が繰り返し花の名前を口にしていたからだ。

「最初は興味がなくても、誰よりも大切な人が好きなものなら覚えられるんだよ」

「そ……そう、デスカ」

「なんで急に敬語？」

口ごもって答える私の所作に、緑川くんがくすっと声を立てて笑った。

……ためらいもなく『誰よりも』と言い切られたら、照れてしまうに決まってる。

この三ヶ月強の生活を通して、彼が家族を――私を、どれだけ大事にしてくれているかはわかっているつもりだ。彼が夫であることが頭からすっぽ抜けたままの私を、決して急かすことなく、穏やかに見守ってくれている。

――でも私は、緑川くんの好きなものとか好きなこと、なにも知らないんだな。彼はこんなに私のことを知ってくれているのに。

なんだかすごく――寂しくて、申し訳ない気持ちになってきてしまった。

「礼乃？」

笑っていたはずの緑川くんが、ひどく心配そうに私の顔を覗き込む。どうしたのだろう、と思ったのと同時に、自身の頬をぽろりと熱いものが滴り落ちていったのがわかった。

「あれ？　私……」

私はつないだ手を解き、涙の筋を手の甲で拭った。取り繕うように笑ってみせるけれど、ごまかすことはできなかった。緑川くんが気遣わしげに眉を下げる。

「どうしたの？　俺、なにか気に障ること言った？」

「ち……違うの、そういうんじゃない」

慌てて首を横に振った。緑川くんが悪いわけじゃない。私が勝手に悲しくなってしまっただけだ。

「そう？」

緑川くんは心配そうに私の顔を覗き込んだ。そして人差し指の先で、拭い切れなかった涙の滴を拭ってくれる。皮膚の乾いた感触で、否応なしに心臓がどきんと跳ねた。

彼はふっと表情を緩め、反対側の道のほうを指し示す。

「……ちょっと疲れたかな。向こうで、コーヒーでも飲もうか」

「……うん」

しばらく歩いていたし、この辺りで少し休憩してもいいのかもしれない。

私たちは、公園の外れにあるカフェに移動することにした。

「ごめんね、変なところ見せちゃって」

カフェは休日だからか混んでいたけれど、タイミングよくテラス席に空きを見つけた。私はカフェオレ、緑川くんはブレンドをオーダーした。一呼吸ついてから私が謝ると、彼は「ううん」と首を横に振る。

「それは全然構わないんだけど。……よく考えてみたら礼乃が泣いたところ、俺は数えるほどしか見たことがなかったな」

彼は自身のカップに視線を落としてから続けた。

「――いちばん印象に残ってるのは、礼佳が生まれたとき。難産で、礼乃は長いこと分娩室にいて……心身ともに限界だったんだろうね。でも子どもを無事に産むまで弱音は吐けなかったのかな。出てきた瞬間、『本当によかった』って泣いて」

その部分の記憶は、断片的にだけれどしっかりある。事前に得た情報で、分娩中のトラブルで子どもの命が危険にさらされたり、深刻な後遺症が出るケースもあると知っていたから、どうにかしてこの小さな命を守らなければいけないと必死だった。彼は顔を上げて続けた。

「それまでは、弱音を吐かない強い礼乃が好きだったし、尊敬してた。もちろん、今でもね。でも、礼乃の涙を見て……子どものためにずっと強いふりをしてくれていたんだって気付いた。で、この人を守りたいって強く思ったんだ。父親になるという重責を改めて感じたのと同時に、夫として礼乃を一生守り抜こうって」

真摯な黒々とした瞳が、熱っぽく私を見つめる。私は、その眼差しの力強さに、目が逸らせなくなる。

「そんな礼乃が泣くほどつらいことがあるなら、分かち合いたいんだ。……夫として」

「……もう、そんな風に言われると、柄にもなくまた泣きそう」

優しい台詞に胸が切なく疼き、目の前の緑川くんのシルエットがぼやける。俯くと、カフェオレのカップに涙の滴が落ちてしまいそうだ。

「――緑川くんはさ、私のことすごくよく理解してくれてるよね。今日だって、私がよろこぶって知って、この場所を選んでくれた」

これまでに様々な公園や植物園を一緒に回ったと聞いたけれど、今回、この場所にしてくれたのは、私の記憶にも残っているからなんじゃないだろうか。この場所ならかつての思い出を分かち合える、と。その気持ちがたまらなくうれしい。

「なのに……私は、緑川くんの好きなことやものをほとんど知らなくて……それがとっても寂しく思えて、悲しくなって……」

「仕方ないよ。それは事故に遭ったからで、礼乃のせいじゃない」

「ありがとう。……遅いけど、今になってやっと、とてつもなく大切なものを失くしてしまったんだって自覚した」

――緑川くんとの思い出。私のことをこんなに愛してくれている旦那様との記憶。目の前の彼からの愛情を感じれば感じるほど、代わりの利かないものを失くしたのだと打ちのめされる。

「今までなかなか言えなかったけど……ちゃんと伝えるね」

彼の思いやりや深い愛情に恩返しができたら、とずっと考えていた。今の私にできることは――この瞬間の正直な気持ちを、恥ずかしがらずに伝えることくらいだ。意を決して深呼吸をする。

「……カウンセリングを受けたとしても、失くした記憶が完全に戻るかどうかはわからない。もしかしたらずっと、六年間の記憶は空洞のままかもしれない」

主治医からも再三言われていることだ。欠けた記憶が一生補完されない場合もあり得る。これまでの緑川くんとの記憶が、永遠に封印されたまま。

「だとしても、あなたと一緒にいて心が安らいだり、ドキドキしたりしている今の気持ちは確かに存在するの。……だから、つまり……」

スタートが『苦手な同期』だったから、ずっと認めることをためらっていた。こういうことをはっきり口にするのは恥ずかしいし、できれば逃げ出したい。けど、私を見捨てずに支え続けてくれている彼に伝えなければ――という思いが、それを凌駕したのだ。自分を奮い立たせるために、膝の上に乗せた両手をぎゅっと握った。

「――私は緑川くんが好き。過去を思い出せなくても、今のあなたが私にとってかけがえのない人です」

礼佳との記憶が蘇ったあとも、夫婦ふたりでの記憶の扉は閉ざされている。それでも私は、これからも緑川くんの奥さんでいたい。

「礼乃……」

緑川くんの目が、大きく見開かれる。その表情を見て、やっと言えたとの達成感を覚えつつ――ついに言ってしまったとの羞恥が遅れて襲ってくる。

「……思い出せないのが、言葉では言い尽くせないくらい苦しい。ごめんなさい」

「大丈夫だよ。俺にとっては、記憶がなくても礼乃は礼乃で、大切な奥さんには変わりない」

そう言うと、彼はテーブルの上に右手を出した。そして、視線で私の片手を出すように促されたので、左手を乗せてみる。

彼の右手が私の左手を掬うと、その薬指に填まっている結婚指輪を撫でた。私たちがかつて、誓いを立てた証。輪郭を確かめるように、何度も。

「たとえ記憶が戻らなくても、今まで通り礼佳と三人で楽しく暮らしていこう。思い出は新しいものをどんどん作っていけばいい」

「緑川くん……」

「礼乃が生きていてくれるだけで、俺は十分だ。それ以上はなにも望まない」

私の指先をきゅっと握る手が温かくて、心地よくて。それだけでまた泣けてしまいそうだったけれど、なんとかこらえた。

「……ありがとう。本当に、ありがとう」

ありったけの感謝を込め、私は涙の代わりに笑顔で応えた。

◆◇◆

カフェを出た私たちは、時間をかけて咲き誇る草花を見て回った。

歩き疲れてまた休憩したくなったころに、車に乗って移動する。そろそろ早めの夕食、という時間だった。

道なりに一時間ほど走ると沿岸に出た。窓の外からは潮の匂いがする。連れて行ってもらったのは、まるで白亜のお城みたいなロマンチックな外観のフレンチ。私たちが通してもらった席はオーシャンフロントで、ディナータイムはサンセットから星空のきらめく夜景まで楽しむことができる、と教えてくれた。

お店の雰囲気だけではなく、お料理も素敵だった。前菜の秋ナスのムースと海の幸のカクテルは、レモンの利いたコンソメジュレでさっぱりいただけたし、次いで出てきた旬の野菜のテリーヌにはサツマイモ、銀杏、ビーツなどが入っていて、目にも鮮やかだった。

スープはウニとジャガイモのポタージュ。こくがあって、すごくおいしかった。ウニのポタージュは初めてだったから、新鮮な感じもした。

魚料理は鱧《はも》のブールブランソース。丁寧に骨切りされた鱧は、脂がのっていてまさに旬。バターのこっくりした味とビネガーの爽やかな酸味が心地よかった。

口直しの洋梨のグラニテを挟んだあとは肉料理。子牛のロティは、添えられていたタプナードという、アンチョビやオリーブ、ケッパーなどのペーストとの相性がとてもよく、これもとてもおいしかった。

デザートは栗づくし。マロンと抹茶のムースに、マロンとヘーゼルナッツのマカロンとプチサイズのモンブラン。それに和三盆のアイスクリームが添えられていた。

横並びにサンセットを眺めながら、おいしいものを食べ、緑川くんとおしゃべりする。その時間がすごく楽しくて、愛おしい。

宿泊先に車を停めてきたから、今日はシャンパンも開けてもらった。記憶を失くしてからはあまりお酒を飲む気にもなれなかったのだけど、もともと好きだったので、最近は週末、少量だけ嗜んでいる。

アルコールで気分が高揚しているのもあり、私はいつもよりよく笑った気がする。そんな私を見て、彼もうれしそうにしてくれていた。


「本当、素敵なところだよね」

食事を終え、タクシーで宿泊先まで戻った私は、ミント色に塗られたかわいらしい玄関の扉を開ける。室内の明かりを灯せば、二十畳はありそうなリビングスペース。その先には寝室が続いている。リビングはオーシャンビューで、デッキの先に果てしなく広がる海が見えた。

「ホテルも便利でいいなって思ったんだけど、デッキから眺める景色がよさそうだったからこっちにしたよ。礼乃はそういうほうが好みでしょ？」

「うん。さすが」

せっかくふたりだけの時間を確保できたことだし、よりプライベートな空間である貸別荘は特別感があってわくわくする。

「明日の朝、楽しみにしてて」

「晴れることを祈ろう」

――明日、晴れたらデッキから写真撮ろうっと。

浮かれつつ、行きがけに置きっぱなしだった、着替えなどが入っていたボストンバッグを寝室に運ぶことにする。

寝室の明かりはシーリングファンがついていて、リビングスペースと同じウッドパネルの天井。海外っぽくおしゃれだ。

寝心地のよさそうなセミダブルのベッドが手前にふたつ、奥にふたつ並んでいる。手前のベッドの傍らにバッグを置くと、背後から逞しい腕が回される。

「……緑川くん」

私が彼の名前を呼ぶと、抱きしめる力が強くなる。

「カフェで言ってくれた言葉、本当にうれしかった」

胸の前で交差する筋張った腕の感触に、私の鼓動は高鳴った。

「ううん……私、ちゃんと言ってなかったな、と思って……」

緑川くんが言葉での愛情表現を控えてくれていたのは、私にプレッシャーを与えないためだとわかっている。だからこそ、私のほうから積極的に伝えるべきだったのに。

「礼乃から直接はっきり『好き』って言ってもらったの、実は初めてなんだ」

「そうなの？」

緑川くんが、耳元で「うん」と答えた。

「恥ずかしがり屋なところも含めてかわいいって思ってるから、全然気にしてなかったけど。でも、ちゃんと伝えてもらえるとうれしいものだね」

「ご、ごめん……」

記憶がないにせよ、謝罪の言葉が口をつく。自身の性格を考えれば、正直、あまり意外ではなく、想像に容易い。しかし、強情すぎやしないだろうか。

「だからいいよ。……礼乃は言葉ではあまり愛情表現をしてくれなかった分、手紙で伝えてくれたし……」

「手紙かぁ……」

学生時代から手紙を書くことは好きだった。友人への誕生日プレゼントには必ず添えていたし、中学・高校時代の恩師への年賀状は欠かさない。自分の想いを声にするのが苦手な分、大切なことは文章にして相手に伝える習慣があった。伴侶である緑川くんにも、そうやって自分の気持ちを表現していたようだ。

「今度、礼乃からもらった手紙をまとめておくよ。実家にある分も」

「い、いいよ、恥ずかしいっ」

慌てて首を横に振る。書いた手紙を読み返すことほど、気恥ずかしいことはない。

「どうして。記憶が戻る手助けになるかもしれないし、俺ももらった当時のこと、思い出したくなってきた」

対して緑川くんは楽しそうだ。その反応で、受け取ったときには甚《いた》くよろこんでくれたのだろうことが推測できる。

「――ま、でも知っての通り、礼乃は顔に全部出てたけどね」

「我ながら単純……」

付け足すように言って笑う緑川くんに苦笑する。昔から指摘されていたっけ。うそのつけない性格が恨めしい。

「……礼乃」

おもむろに名前を呼ばれたので、私は彼と向き合うように振り返った。

「――ひとつだけ、お願いしてもいい？」

「なに？」

「俺のこと、下の名前で呼んでくれる？」

珍しく緊張した面持ちで彼が訊ねた。

「この間みたいに。やっぱり違和感とか抵抗感があるなら、今だけでいいから」

礼佳に関する記憶が戻った翌朝、一回だけ呼んだことが頭を過った。苗字呼びが習慣になってしまいあまり気に留めていなかったけど、やっぱりよそよそしいか。

……名前で呼ぶの、いまだに恥ずかしいけど――

「……透哉くん」

あのときみたいに切れ切れではなく、ごく自然に呼んでみる。と、緑川くんの顔が泣きそうに歪み、私を見つめる目が赤く潤んだ。その表情を見て――私は平手打ちされたみたいな衝撃を受けた。

緑川くんの優しさに甘えるばっかりで、彼の気持ちにまで考えが及ばなかった。

彼はずっと我慢していたのだ。私の記憶が戻ることを誰よりも望んでいるのは彼だ。

生涯を誓い合った妻が自分との思い出を忘れるなんて、そんな残酷なことはない。

それでも、私を急かしてはいけない、追い詰めてはいけないと……いつも「無理しないでいいよ」とか「ゆっくりでいいよ」とか、優しい言葉をかけ続けてくれた。

――自分の本心を押し隠したまま……。

「ごめん。……懐かしくて、うれしくて」

「ううん」

首を横に振りながら、胸がちくちくと痛んだ。

――彼に、こんなに寂しい思いをさせていたんだな、私は。

私たちはどちらからともなく身を寄せて抱き合った。

……緊張でドキドキするけれど、こうしてくっついていると安心する。彼の肌の感触が懐かしいような――心と身体の強張りが解けて、リラックスできるような。

彼の肩口に顔を埋めていると、彼がもう一度「礼乃」と小さく呼んだ。そして。

「今すごく、礼乃にキスしたい」

掠れた声で、囁くように。ひどくセクシーな響きで。

「……いい？」

――どうしよう。緑川くんとキスするのは初めてだけど……夫婦だし、きっと本当は何回も、何十回も、何百回もしてるんだよね。

恥ずかしいと感じてるのは私だけだ。好き同士なんだからためらうこともないわけだし――

心臓が壊れるかと思うくらいにドキドキしすぎて、おかしな顔をしているかもしれない。羞恥でどうにかなりそうだけど、思い切ってこくんとうなずく。

「ありがとう」

お礼を言ったあと、彼の唇が――私の額に、スタンプを押すみたいに軽く触れた。

「っ……？」

てっきり唇にされるものと思っていたから、逆に驚いてしまった。ハッと顔を上げ、キスをされた額に軽く手を添える。

「いきなりこっちにキスされても困るでしょ？」

「……う、うん……」

「こっち」と唇を指で示しつつ小首を傾げる緑川くんに、曖昧に返事をした。私に気を遣ってくれているみたいだ。彼らしいといえば、らしい。

「……次の楽しみに取っておくよ」

「んっ……」

その代わりとばかりに、彼は額や頬にたくさんキスをしてくれた。柔らかな唇が肌に触れる感触に、背中が小さく震えた。

――うれしいのに、少しだけ残念な気持ちがしてしまう私は、欲張りなのかもしれない。

「透哉、くんっ……」

「かわいい、礼乃」

彼がよろこぶのなら――と、彼を名前で呼びながら、背中に腕を回してきつく抱きしめ合う。首元に顔を埋めると、体温や彼の匂いが心地よくて、このまま時が止まればいいのにと思う。

「……俺のことを思い出してくれたらちゃんと言うって話したこと……覚えてる？」

もちろん覚えている。私がうなずくと、彼の手が私の長い黒髪を愛おしげに撫でる。指先で髪を梳くように、ゆっくりとした所作で。

「それまでいくらでも待つって思ったけど、やっぱりやめた。……ちゃんと礼乃が伝えてくれた今だからこそ、俺も伝えたい」

彼が微かに息を吸い込んだのがわかった。その刹那。

「世界でいちばん礼乃が好きだよ。……愛してる」

緑川くんの真摯な言葉に、全身を貫くような熱を感じた。

「透哉くんっ……！」

うれしさと愛おしさとが綯《な》い交ぜになった激しい感情に支配されて、私は背中に回した手に力を込める。

……私も好き。どうしようもないくらい、緑川くんのことが好き――愛してる。

「……私もひとつだけ、お願いしてもいいかな……？」

「うん、いいよ。なんでも聞く」

こんなにも誰かを愛おしいと思ったことはないのかもしれない。初めての感情に戸惑いながら、私は想いの勢いのままに口を開く。

「……今日は、透哉くんのとなりで寝たい」

片時も離れたくない、と思った。離れて暮らしているわけではないし、毎日同じ部屋で寝ているのに。

でも言ってしまってから、唐突に羞恥が襲ってくる。私は取り繕うみたいに「ほら」と続ける。

「――いつも私たちの間には礼佳がいるから……たまには、そういうのもいいかな、って」

自宅のベッドでは、必ず礼佳が真ん中で寝るようになっている。彼女があまり寝相がよくないのもそうだけど、いちばんは彼女が「ぱぱとまま、ふたりのとなりがいい」と言っているからだ。

「もちろんいいけど——となりで寝るだけじゃ済まないかもしれないよ？」

するとすこし身体を離した緑川くんが、いじわるげに瞳を光らせた。

「……そ、それでもいい、よ」

彼は冗談のつもりで言ったのだと思う。でなければ、さっきのキスだってわざわざ唇を避けたりしない。それを承知のうえで、私は今日最大の勇気を振り絞った。

「——それでもいいよ……言ったでしょ、私……透哉くんが好き、だから」

恥ずかしいけれど、泊まりがけのデートと聞いたときから、それが頭を過らないわけではなかった。夫婦なのだから。好き同士なのだから。自然なことだろう。

「そんなかわいいこと言われたら、理性が利かなくなる」

「あっ」

彼はそう言うと、私の手を取って優しくベッドの上に押し倒した。

「ずっと礼乃がほしくて、でも自制しなきゃと思ってた。……本当にいいの？　俺に抱かれても」

まっすぐに私を見下ろす彼の黒い瞳に、私が映っている。その瞳のなかに溶けてしまいたい、と強く願う。

「お願い……透哉くんのものになりたい」

懇願するみたいに言った。心と身体で、緑川くんの妻であることを実感したい。

「わかった」

私の身体に覆いかぶさった彼の唇が、私のそれを優しく奪った。

額で感じたよりも柔らかい。軽く触れて離れたあと、二度目は深く重なり、舌先が触れ合う心地よい刺激で頭の奥が甘く痺れた。

「……次まで待てなかった」

もう一度唇が離れると、ほんの少しだけ彼がおどける。

「――好きだよ礼乃。俺だけを見て……俺だけを感じて」

「うんっ……透哉くんっ……」

大好きな人の名前を呼んで応えると、彼の長い指が私の首筋をするりと撫でる。

私はこの夜、唇が腫れそうになるくらいに何度も、何度もキスを交わした。緑川くんの優しい温もりと激しい熱に包まれながら、彼と結ばれ――怖いくらいの幸せに浸ったのだった。

◆◇◆

窓の隙間から差し込む日の光で目が覚めると、愛しい夫がとなりで眠っていた。

私は緑川くんの――透哉くんの腕枕で寝ていたらしい。

――腕枕……うれしいけど、彼の腕が痺れていないか心配だ。

彼を起こさないようにそっとシーツから這い出て、枕元に置いていたスマホで時間を確認すると七時。朝食の支度をするにはいい時間だ。

朝食は、天気がよければデッキで食べよう、と寝る前に話していた。夕食前に付近のスーパーでパンやハム、卵、サラダ用の野菜などの食材を買い込んで冷蔵庫に入れてある。彼の目が覚める前に支度をしておこう。

スマホにはメッセージが入っていた。開封してみると、璃子ちゃんからのムービーだった。音量を絞ってから再生ボタンを押すと、礼佳が璃子ちゃんと歯磨きをしている動画が流れた。『こっちは楽しく平和にやってるから気にしないでね』とメッセージが添えられている。優しい義妹がいて本当にありがたい。

璃子ちゃんにお礼のメッセージを打とうとしたところで、ポップアップで「新着メッセージがあります」との表示があったので、反射的にタップする。

『旦那とのデートは楽しんでる？』

――ぞくりと寒気がした。差出人は例の『×××』だ。

……なんでこの人は、私が透哉くんと出かけているのを知っているの？

戸惑う私に追い打ちとばかりに、新しいメッセージが表示される。

『記憶は消えても不貞の事実は消えない。夫を裏切った報いだ』

――頭のなかが真っ白になった。

私はスマホの画面を見つめたまま、しばらくの間、魂を奪われた人のように呆然とするよりほかなかった。

5

突然のことに、頭のなかがぐるぐると渦を巻く。

——これはどういう意味……？

胸がざわざわする。……不貞？　夫を裏切った？　……私が？

私は、壊れた機械のように『因果応報』を繰り返すこの『×××』というアカウントを、誰かのいたずらなのでは、と考えて始めていた。過去、知らないところで密かに恨みを買っていて、私自身が把握していない誰かが今回の記憶喪失の情報をたまたま得たことで、粘着されているのでは、と。

でも、そうじゃないかもしれないんだ。『×××』は、私や私の周りの人たちの知らない秘密を知っている。私が、透哉くん以外の男性と関係を持ったのだと。

「っ……」

——なんだか、寒くなってきた。秋も深まってきたとはいえ、まだまだ冬には遠い気候だというのに。

自分で自分が信じられない。少なくとも私の知る私は、曲がったことやうそが嫌いなはずだった。友達が「付き合っている人に浮気された」と泣けば「やったことは自分に返ってくるんだから、そんな男とは別れなよ」と怒りがこみ上げた。

そんな私が、夫を差し置いて他の男性と恋愛するなんてあり得ない。考えられない。けど、絶対にない、とは言い切れない。私には、それを否定する材料がない。……記憶がないのだから。

二十九歳の私の信念や信条は、すっかり変わってしまっているかもしれない。新たな人々との出会いや、結婚や出産を経て、それまでとは違う視点や価値観を築いた可能性は大いにある。それにより、本質的な部分まで変わってしまった可能性も。

そのときふと、自損事故の場所についての謎が頭に浮かんだ。浮かんだ、というか、火花が散るようにバチバチッ、と視界にちらついたようなイメージだ。

事故は、普段の通勤ルートから外れている場所で起きていた。思い当たる理由がなく、不可解だったけど……もしかしたら、誰かと会おうとしていたのかも。たとえば、この『×××』という人物と——

「ん……」

小さく呻く声に、私は傍らで眠っている透哉くんに視線を向けた。

「礼乃、もう起きたの……？」

「お、おはよう」

私はスマホを隠すように伏せ、もとの場所に置き直した。まだ眠そうな目を擦ってから、彼が両手を広げる。

——これは……ハグしよう、ってことかな……？

遠慮がちに彼の胸に飛び込むと、透哉くんは宝物を守るように私を抱きしめ、額にキスを落とした。昨夜私の身体のいたるところに幾度も触れた唇は、ひどく柔らかい。

「よく眠れた？」

「う、うん……おかげさまで」

胸に暗澹《あんたん》を抱えたまま、それでも私は笑顔を作って答えた。彼は「そう」と微笑む。

「ごめんね、腕。痛かったでしょ？」

うそをつけない自分のこと、顔に出ているかもしれない。なにか突っ込まれる前にと、私が枕にしていたほうの腕を軽く伸ばしている彼にそう謝る。

「全然。久しぶりに礼乃のそばで寝られて、うれしかった」

「透哉くん……」

いつもは鋭い透哉くんも、寝起きだからか私の焦燥には気付いていないようでよかった。私を想う言葉に、胸が切なく疼く。

「そろそろ、ご飯作るね」

このままではボロを出してしまいそうで、理由をつけてひとりになりたかった。ところが、ベッドから抜け出そうとする私の腕を取って、彼が制する。反転して、彼が私の上に乗り上がる形になる。

「まだいいよ」

「でも、デッキで朝食食べるって――」

「チェックアウトは十一時だから、まだたっぷり時間があるし。俺としては、先に礼乃を食べたい」

耳元で熱っぽく囁かれると、昨夜のことが思い出されて――羞恥で焼け焦げそうになる。

「透哉くんってば……」

「だめ？」

「……だめじゃ、ないけどっ……」

顔を近づけて、至近距離で囁かれると抗えない。

自宅に戻れば、こんな風に甘い雰囲気を作るのは大変そうだ。ならば、この場で思う存分彼に甘えるのもいいのかもしれない。

それに――胸騒ぎが止まらない。『×××』からのメッセージ……私自身が、よくないほうへ向かっているような気がしてならないのだ。
渦巻く不安から逃れるために、私は彼との甘く濃密な時間を貪ったのだった。

◆◇◆

彼とのお泊まりデートはとても楽しく、安らぐ時間だった。

さんざん愛されたあと、大慌てで作ったトーストやハムエッグ、サラダを、デッキから青々とした絶景を眺めながら一緒に食べたのはいい思い出になった。

透哉くんに「またカラーの時期にふたりで来られたらいいね」と言ってもらったけれど――次の機会があるのかどうか、不安でたまらなかった。

この幸せがずっと続いてほしい。これからも透哉くんの妻、礼佳の母でいたい。

でも……この幸福が壊れてしまうできごとが、知らぬ間に背後に忍び寄っているのかもしれない。

私の予感は的中した。それは十月の最後の週の、金曜の夜だった。

はじまりは、自宅に国分さんが訪ねてきたことだった。

「恐れ入ります、奥様。透哉さんはご在宅ですか？」

インターホン越しに聞こえたのは、年配の男性の声。丸屋百貨店の緑川社長――つまり、私の義父の秘書を長年務めている、国分荘司《しょうじ》さん。瑛司くんの父親だ。

「いえ、まだ帰ってません。今日は会食のはずですが……」

緑川社長やうちの父も同席する、と朝のうちに聞いた。秘書である彼がそれを知らないはずはないのに。

「あぁ、そうでしたね。失礼しました。申し訳ございませんが、透哉さんにお渡ししたい書類がございまして、お預かりいただくことは可能でしょうか？」

忘れていたと言わんばかりに彼が焦った風に答えた。

「はい、もちろん。少々お待ちください」

彼がわざわざ自宅を訪ねてくるのは初めてだから、よほど重要な書類なのだろう。

私はうなずいて通話を切った。

「おきゃくさんー？」

「もしかして国分？」

廊下に続く扉に向かう途中、ダイニングテーブルの椅子から訊ねたのは礼佳と璃子ちゃんだ。「礼佳の顔見に寄ってもいい？」とのことだったので、夕飯を一緒に食べようと誘ってみた。

「うん。透哉くんに書類を渡したいって」

「ふーん、そう」

「なに、ニヤニヤして」

……なにか言いたげな璃子ちゃんの表情が気になる。

「別に？　その『透哉くん』っていうの、板についてきたなーって思って」

「もう、からかわないでよ」

お泊まりデートのあと、彼への呼び方が変わったことに、彼女はいち早く気が付いた。「仲睦まじくてなによりだよね！」と。……見透かされているようで恥ずかしい。

「お待たせしました」

廊下に出て、玄関の扉を開けると、目の前の人物が大げさなくらいに頭を下げる。

そして、茶封筒に入った書類を差し出した。

「ご無沙汰してます、奥様。こちらをお渡しいただけますでしょうか」

「承知しました」

その茶封筒を受け取りながら、私も頭を下げた。

これで用件は済んだはずなのに、濃いグレーのスーツを着た小柄な彼が、探るようにじっとこちらを見つめている。

国分さんは五十代後半と聞いているけれど、もう少し若く見える。白髪交じりの髪をオールバックにしていて、人当たりのよさそうな柔和な相貌。秘書というより執事みたいなイメージだ。

「──あの……なにか……？」

居心地の悪さに訊ねてみると、彼はちょっと考えるような間のあと、もう一度深々と頭を下げた。

「すみません、奥様。折り入って奥様にお話ししたいことが……少しだけ、お時間を頂戴できませんでしょうか？」

「私に、ですか？」

「はい。お忙しいとは存じますが……」

食事や片付けはもう終わったし、あとは礼佳とお風呂に入って就寝の準備をするだけだ。明日は土曜で保育園も休みだし、少々寝る時間が遅くなっても問題ない。

「構いませんよ。散らかっていますが、どうぞ」

「突然申し訳ございません。失礼いたします」

恐縮する国分さんを招き入れて、リビングに通した。

ダイニングテーブルに座るふたりを見つけると、彼が背筋を正して一礼した。

「礼佳さん――璃子さん、こんばんは」

「こんばんはー」

五周年記念のパーティーを含め、礼佳と国分さんは何度か顔を合わせているようだ。

礼佳が両手をぱっと上げて挨拶をする。

「こんばんは。どうしたの、国分。こんなところで会うの、珍しいね」

「ええ、まぁ……」

璃子ちゃんと国分さんの付き合いも長い。彼女には親戚に近いような感覚なのだろう。璃子ちゃんが不思議そうに訊ねると、国分さんが歯切れ悪くうなずく。

「ごめんね、璃子ちゃん。少しだけ礼佳の相手してもらっててもいいかな？」

「うん、わかった。……礼佳、お散歩行こ。お菓子買ってあげる」

「やったー！」

察しのいい璃子ちゃんは快くうなずいてくれると、礼佳を外に連れ出してくれるようだ。扉が閉まると、私はキッチンで紅茶を淹れた。白磁のティーカップとソーサーは、私の好きなブランドのものらしい。

「よろしければ、どうぞ」

ダイニングテーブルの中央にかけてもらったので、私はその向かい側に座った。

「ありがとうございます」

角砂糖とミルクポットを添えたけれど、彼はどちらにも手を付けずに、そのままカップを口に運ぶ。ソーサーにカップを戻すときに、カタカタと小さく音が鳴った。もしかしたら、緊張しているのかもしれない。

「……奥様、記憶のほうはまだ……？」

恐る恐る、といった風に彼が訊ねる。彼もまた、私の記憶喪失を知る人物だ。

「状況は変わってませんね。最近の記憶がなかなか戻らなくて……」

あの泊まりがけのデートでも、失くした記憶は得られなかった。正直に答えると彼は「そうでしたか」と相槌を打つ。

「――では、私のこともあまりご存じないのですよね」

「申し訳ありません、おっしゃる通りです。……夫が幼いころからよく面倒を見てもらったとは聞いていますが」

国分さんはもともと丸屋の社員だった人だから、お付き合いは経営統合してからだ。なので残念ながら、彼の記憶はほぼほぼない。でも、優秀な秘書だというのは透哉くんや璃子ちゃんから聞いているし、それに――

「――瑛司くんといえば、私が記憶を失くしたばかりのときから、璃子ちゃんと一緒に礼佳の面倒をよく見てくれて……すごく感謝しています。ありがとうございます」

息子の瑛司くんには数えきれないくらいお世話になっている。私は改めてお礼を言った。

「い、いえ……」

「素敵な息子さんですよね」

瑛司くんの話になった途端、国分さんの表情が曇った。彼は困惑したように視線を彷徨わせたあと、覚悟を決めたようにこちらを見据えた。

「実は……今日お話ししたいのは……その、息子の瑛司のことなのです……」

――瑛司くんのこと？

いったいなぜ――と頭に疑問符が浮かんだところで、彼がその場に立ち上がる。そして、ぐるりとテーブルを回り込むように私のそばまでやってくると、フローリングの床に土下座をした。

「申し訳ございません、奥様！」

「国分さん……？」

意味がわからない。大の大人の土下座を生まれて初めて目にして呆気に取られた私は、同じ体勢のまま謝罪の言葉を述べる彼を見つめていることしかできない。

「どうか――どうかお願いしますっ……あつかましいお願いであるのは承知しています、ですが、うちの息子とのことはなにとぞ内密にっ……‼」

私はひゅっ、と息を呑んだ。背中に冷たいものが駆け抜ける。

「……国分さん、顔を上げてください」

――とてつもなくいやな予感がした。できれば聞かないほうが幸せな話なのだろう、との思いが過る。

でも、ちゃんと事情を聞かなければ。私は逃げ出したい気持ちを理性で抑えつけながら、椅子から立ち上がって静かに言った。

「どういうことですか？　瑛司くんとのことって……？」

私が制止するのも聞かず、彼はなおも床に頭を擦り付けながら続けた。

「奥様の記憶が戻っていないことを承知で、こんなことを申し上げるのも大変、大変気が引けるのですがっ……子を守りたい親の気持ち、奥様ならば理解していただけると思っておりますっ……」

どくん、どくん。心臓が不穏なリズムを刻む。

私は血の気が引く思いで、彼の言葉を待った。

「――息子から打ち明けられました……その……息子と奥様が、男女の関係にあると……」

心のどこかで予想していた台詞でも、事実として告げられるとショックが大きい。

――めまいがする。茫然自失《ぼうぜんじしつ》の私に、国分さんは「息子の話では」と語り始める。

「きっかけは奥様からのアプローチだった、と聞いています。……息子は、変に気が優しいといいますか、頼まれると断れないようなところがありまして……璃子さんや透哉さんを裏切ることになるとわかっていながら、拒否できなかった、と」

「そんな……」

「息子と璃子さんはいいお付き合いをさせていただいています。緑川社長も、少しずつですが、義理の息子として受け入れてくださるようなことをおっしゃっています。私も、そうなればどんなにいいかと」

床についた両手をぎゅっと握って拳にしながら、国分さんが悲痛に続けた。

「でも、もしこの話が緑川社長の耳に入れば、首を縦には振らなくなるでしょう。透哉さんや璃子さんご本人についても同じです。きっと息子を許さない」

そこまで言うと、彼は顔を上げ食い入るように私を見つめた。

「奥様ご自身も、この話が緑川家の面々に伝わるのは本意ではないでしょう。記憶を失ってらっしゃるとのことですが、だからこそ潔白を証明するのは難しいはず。……ならばこういたしましょう。これは私と奥様、そして私の息子の、三人だけの秘密にするのです。そうすれば、誰ひとりとして傷つきません」

「国分さん……」

「約束します。私は絶対に他言しません。ですので、どうか……たとえ記憶がお戻りになったとしても、なかったことにしていただけませんでしょうか……！」

──なかったこと、と言われても。私にはまったく覚えのない話なのだ。

けれど、わざわざ瑛司くんが父である国分さんに打ち明けたのなら、それが真実なのだ。私が記憶を失くしている今、彼さえ黙っていれば隠し通せられたのに、わざわざ国分さんの耳に入れる必要がない。それでも伝える必要があったのは、それが事実であり自分のなかだけに留めておくのが苦痛だったからに違いない。誰かに話して、楽になりたい気持ちのほうが勝ってしまったのだろう。

ここにきて私はやっと、国分さんがわが家を訪ねてきたことへの違和感の理由に気が付いた。おそらく書類の受け渡しは口実。社長に同行する透哉くんの予定は把握していたろうから、彼は敢えて透哉くんのいないこのタイミングで訪ねてきた──私と、話をつけるために。

国分さんが私に土下座したくなる気持ちはわかる。わが子のためならなんでもしたいと思うのが親だ。

「国分さん、あの――」

私が口を開きかけたところで、廊下に続く扉のほうから、キィッという物音が聞こえた。私と国分さんの視線が、扉に注がれる。

さっきまでは閉まっていた扉が、薄く開いている。まさかと思い、慌てて扉を開けにいくと――そこには、璃子ちゃんが青白い顔で立っていた。

「璃子ちゃん……」

「……私っ、カバンに財布を忘れて……」

彼女は震えていて、今にも倒れてしまいそうなほど頼りなく見えた。そんな彼女を支えるために手を伸ばすけれど――私に触れられまいと逃れるように後ずさる。

「ごめん、礼乃ちゃん……私もう、帰るっ……！」

璃子ちゃんはダイニングテーブルの端の椅子に置いていた自身のトレンチコートとトートバッグをひったくるようにして手に取った直後、地面に手をついたままの国分さんを一瞥してから玄関まで駆け出し、家を出て行ってしまった。

「璃子さん……そんな――あぁ、もう終わりだ……」

再び床と目を合わせ、がっくりと項垂れる国分さんの言葉を聞いて、私も――もう終わりだ、と思う。

彼女のあの反応を見るに、話を聞かれていたのは間違いないだろう。そしてその不貞は、透哉くんはもとより緑川家にも伝わってしまうに違いない。

――私が瑛司くんを唆し、関係を迫ったという……ひどい話が。

「ねーねー、まま。りっちゃん、帰っちゃったの？」

今度は玄関で待機していたらしい礼佳が部屋に入ってきて、困ったように訊ねる。

「ごめん、璃子ちゃんは……その、帰っちゃった」

「え、なんで？　おかしかってくれるっていってたのに……」

「ごめんね、礼佳」

私は不思議そうに首を傾げる娘をそっと抱きしめながらなだめる。すると、依然立ち上がれないままの国分さんの姿を見つけた彼女が「あれ？」と声を上げる。

「――おじさんどーしたの～？　ぐあいわるい？」

礼佳は私のそばを離れ、国分さんのもとへ駆け寄った。私のほうを向いて「たいへん！」と小さく叫ぶ。

「国分さん、お話は承知しました。……今日のところはどうかお引き取りください。子どもの前ですので」

「……はい。失礼いたしました」

私は力なく起き上がる国分さんを玄関まで送った。

透哉くんからメッセージがあり、会食が長引いているので日付を跨ぎそうだ、とのことだった。

普段なら寂しいと思うところだけど、今夜ばかりはホッとしていた。入浴を終え、入眠する前の礼佳から「なんでりっちゃんきゅうにかえっちゃったの～？」と繰り返し訊かれ、無言になってしまう私だ。用事ができたとかなんとかごまかすことだってできたのに。このぐちゃぐちゃな精神状態では、なおさら自然な態度で接することができそうにない。

璃子ちゃんを追いかけるべきだったのでは、との思いも過ったけれど、「追いかけてどうするの？」ともうひとりの自分が訊ねた。追いかけてどんな言葉をかけるというのか。……やはりあの場では、どうすることもできなかったのだ。

礼佳の無邪気な笑顔を眺めながら、いったいどうしてこんなことに、と思う。

素敵な旦那様がいて、かわいい娘がいて。絵に描いたような幸せな家庭だ。なのにどうして、他の男性……それも、仲のいい義妹の彼氏を誘ったりしたのだろうか。

そのとき、ワンピースのポケットに入れていたスマホが震えた。取り出して画面を確認すると——例の『×××』からだ。

もはやためらう理由はなにもなかった。私はスマホを抱いたまま寝室から出ると、リビングのソファに腰を下ろす。そして、ごくりと唾を飲み込んでから通話ボタンをタップした。

「もしもし」

『僕が誰だかわかりますか？』

聞き慣れた声だった。まさかと思ったし、やっぱりとも思う。

「……瑛司くんでしょう」

『はい、そうです』

礼儀正しい受け答えは、まさしく彼だ。

『先ほど、僕の父が礼乃さんのところに行きましたよね。そのことについて、改めてお話ししたいことがあります。明日、時間を作ってもらえませんか？』

淡々とした口調のなかに、有無を言わせない響きがあった。私は力なく「はい」とうなずいた。それ以外の選択肢がないような気がして。

『では明日に。言うまでもないと思いますが、ひとりで来てください』

「……わかりました」

おそらく明日告げられるだろう内容は、私にとって不名誉なものであるに違いない。

そんなの、他の誰かに聞かせられるはずもなかった。

私は静かにうなずくと、通話を切った。

◆◇◆

翌日のお昼過ぎ。瑛司くんに指定されたのは都心の商業ビルのなかにあるカフェだった。店内は広く、会話を楽しむお客さんが多いので、込み入った話も気兼ねなくできそうな雰囲気がある。

四人掛けのソファ席で落ち合い、ブレンドをふたつオーダーした。

「……あの、国分さんの言っていたことは本当なの？」

ブレンドが届くや否や、先に口を開いたのは私だ。記憶がない以上、彼の父から聞いた話の真偽を確かめる必要があった。ほぼ答えは決まっていると知りつつ、それでも一縷の望みをかけて訊ねてみる。

「僕と礼乃さんの関係について、ですよね。……はい。本当です」

向かい側でうなずく瑛司くんの表情は硬い。なにか特別な覚悟を持ってここを訪れているのは明らかだ。

「そんな……」

望みはあっさりと断ち切られた。彼が視線をテーブルに落として続ける。

「一年くらい前……透哉さんと礼乃さん、璃子ちゃんと僕の四人で初めて食事をしたあとから、礼乃さんから『ふたりで会いたい』って誘われるようになりました。もちろん理由をつけて断ってましたけど、なかば強引に関係を迫られて……僕、怖くて、断れなくて……」

「だって私……私には、夫がいるのに……」

瑛司くんはまつげを伏せて小刻みに首を横に振った。

「礼乃さんは透哉さんに不満があったみたいなんです。だから、相手は僕じゃなくてもよかったって言ってました。気が紛れるなら誰でも、って」

「そんなのうそっ……！」

信じられない——反射的にそう言い返すと、瑛司くんが閉じていた瞳を開けて、私を見据えた。

「うそじゃないです。というか、うそって言い切れますか？　記憶、戻ってないんですよね？」

「っ……」

彼の言う通りだった。そうであってほしくないという願っているだけで、否定する根拠はなにもないのだから。

「あんまりじゃないですか。僕をさんざん傷つけたくせに、自分は記憶喪失になって全部忘れちゃうなんて。……だから自らの悪事に気付いてもらおうと思ったんです」

「……それで、例のアカウントで接触してきたのね」

「怖かったですよね。でも、僕も同じかそれ以上の恐怖を味わったので、謝りません」

わざわざ別のアカウントで意味深なメッセージを送ってきたのは、私に過去の不貞を思い出させるためだったのだ。私に対して怒りを覚える彼にとっては、本人がそう言うように、敢えて不安を煽ろうとした意図もあったのだろう。

「父さんに打ち明けたのは、これ以上ひとりで抱え込むのは無理だと思ったからです。このことは僕と礼乃さんしか知らない。黙っていれば誰も傷つかないとわかってましたが……好きな人の義理の姉と関係を持っていた罪悪感に、押しつぶされそうで」

苦しげに心情を吐露したあと、彼は声を詰まらせながらさらに続けた。

「僕はただ、誰かに聞いてほしかった。……でもまさか、礼乃さんに口止めをお願いするなんて。しかもそれを、璃子ちゃんに聞かれてしまうなんて……」

「……璃子ちゃんのこと、お父さんから聞いたの？」

「父さんからも聞きましたし、璃子ちゃん本人からも泣きながら連絡が来ました。『私のことを裏切ったんでしょ？』って」

そこまで言うと、彼の表情が引き締まる。そして、キッと睨むように私を見た。

「──確かに、僕も悪いです。けど、僕だって裏切りたかったわけじゃない。もとはといえば、礼乃さんが無理やり迫ってきたのがはじまりで、僕は被害者なんだと思っています。……璃子ちゃんには包み隠さず、本当のことを話しました」

「──本当のこと。つまり、私が瑛司くんを強引に誘い、関係を持ったということか。

「璃子ちゃん、かなりショックを受けて、すぐ両親に報告したそうです。それで近いうち家族会議をすると。そこに僕と礼乃さんも呼んで事情を聞くと宣言されました」

「家族会議……」

想像するだけで意識が遠のきそうになる。当事者だけではなく、義父母や透哉くんまで呼んで申し開きをしなければならない。

……いや、弁明できるところがあるならまだマシで、瑛司くんの話がすべて真実だとするならば、私に釈明の余地はなさそうだ。

絶望的なため息がこぼれる。するとそれが彼の感情を逆撫でしてしまったらしく、短くハッ、と興奮した吐息が聞こえてきた。

「ため息をつきたいのは僕のほうですよ。僕が好きなのは璃子ちゃんだけなのに、彼女からも、彼女のご両親からも反感を買って……こんなの……ひどすぎます」

この状況は、瑛司くんにとっても絶体絶命なのだろう。……それもそのはず。本命である璃子ちゃんに愛想をつかされるばかりでなく、彼女から聞いている話と合わせると、将来を意識し始めていたところだろうから、義父や義母から悪感情を持たれたくないに決まっている。

「僕に、少しは同情してくれているのなら――罪の意識があるなら、ちゃんとありのままを認めてください。そうすれば、透哉さんだって少しは許そうって気持ちになるんじゃないでしょうか」

透哉くんの名前が出てきて、背中にヒヤッとしたものが走った。……そうだ。この醜聞を彼にも知られてしまうことになるんだ。

「当然、透哉さんにもお話しします。『記憶がない』は言い訳になりませんよ。……あんなに素敵な旦那さんなのに。本当に気の毒です」

思考を見透かしたように、彼が私を非難する。

「こうしてあなたとふたりで会うのはこれで最後です。今、礼乃さんができるのは、自分の浅はかな行動を素直に認めて、僕や璃子ちゃんを含めた周囲の人たちに謝ることだけですよ」

瑛司くんは厳しい口調でそう言い捨て、席を立った。ブレンドにはひと口も手を付けず、まるで一刻も早く私と距離を置きたいとばかりに、店を出て行ってしまった。

「………」

知らず知らずの間に、全身に張り詰めていた力がふっと抜けた。私は弛緩《しかん》した身体を背もたれに預けながら、ぼうっと天井の隅を眺めた。

——これだけ聞いてもまだ信じられない。私が透哉くんや礼佳を裏切っていたなんて……。

帰宅してからも放心状態だった。礼佳のお迎えや食事の支度、お風呂、寝かしつけなどはなんとかこなしたけれど、頭のどこかでカフェでの瑛司くんの声が響いているみたいだった。寝室で礼佳が寝息を立て始めたのを確認すると、眠るどころではない私はリビングに戻り、ソファに深く腰をかけた。

――私は透哉くんや礼佳を愛していたんじゃないの？　なのにどうして……？

胸がぎゅうっと圧し潰されるみたいに苦しくなったとき、ふと――手紙のことを思い出した。事故の際、私の持ちもののなかにあった淡い黄色の封筒。

今までずっと開けられなかったのは、私にとってよくないことが書かれているような気がしてならなかったからだ。

――これ以上逃げ続けちゃいけない。私が夫や娘を顧みず男性との遊びに耽るような女だったというなら、確信できる証拠がほしかった。そうでなければ、反省や謝罪すらできないのだ。

思うが早いか、音を立てないように寝室のクローゼットを開けた。事故で傷んだバッグは、一度中身を確認したあとはそのましまい込んでいる。そこから文庫本に挟まった手紙だけを取り出して、クローゼットに戻し、再びリビングのソファに戻る。

――なにが書かれていても、その事実を受け止める。

私はそう決めて、封蝋を模したシールを剥がして開封する。三つ折りの便箋を開いてみると、書き出しは『璃子ちゃんへ』となっていた。私の字だ。ということは、私が璃子ちゃんに宛てて書いた手紙ということになる。

『私はあなたに、とてもつらいことを告げなければいけません。それは、あなたの彼氏である瑛司くんが、隠れて他の女性と会っているということです――』

――え？　……なにこれ？

私は混乱しながらも、手紙を読み進めた。そこには、瑛司くんが複数の女の子と関係を持っていることと、それは璃子ちゃんに対する裏切り行為であるとの私の怒りが認められている。

『これだけは信じてほしい。本当の妹のように大切な璃子ちゃんの幸せをいつも祈っています。あなたのとなりにいる人が、あなたを心から愛してくれる人でありますように』

手紙の文末は、璃子ちゃんの幸せを祈る一文と、手紙を書いたであろう六月二日の日付で締めくくられていた。

――待って。頭が追いつかない。……これはどういうこと？

……カフェで聞いた話と全然違う。私が瑛司くんを誘惑したという話はどこへ行ったの？

わけもわからず手紙を握りしめていたけれど、扉が開く音でハッと我に返った。連日の会食を終えた透哉くんが帰ってきたのだ。

「ただいま」

リビング・ダイニングの扉を開けると、彼が小声でそう告げる。

「お……おかえりなさい」

ソファから立ち上がって返事をすると、こちらに歩み寄ってくる彼が心配そうに眉を下げた。

「どうしたの？　顔色が悪い」

「……う、ううん……」

なんでもないふりをするには無理があった。透哉くんはあまり納得していない風に眉を顰め、私の手元に視線を注いだ。

「どうしたの、その手紙？」

「あの……これは……」

――頭のなかがぐちゃぐちゃで、どうしていいかわからない。急にいろいろなことがありすぎた。なにが本当でなにがうそなのか。記憶のない私には判断できないのだ。

「礼乃」

「っ……」

パニック状態の私を、彼が優しく抱きすくめる。知らないうちに、私の身体は震えていた。彼は私の背中を撫でながら、耳元でこう囁く。

「礼乃がつらそうにしてると俺もつらい。ひとりで全部抱え込まないで。……俺たちは夫婦なんだから、礼乃のつらいことや悲しいこと、少しだけでも背負わせてほしい」

透哉くんの言葉が温かくて癒やされるものであるほど——苦しくなる。

「……っ、わ——私なんかに優しくしないでっ……」

咄嗟に彼の胸を強く押した。彼が少し驚いた風に私を見つめる。

「礼乃？」

「私……透哉くんや礼佳を裏切ってたかもしれないのに……そんな風に優しくされる権利なんてないっ……」

もう取り繕うことなんてできなかった。胸の内の葛藤を洗いざらい吐き出してしまうと同時、自分に対する落胆や情けなさ、彼を失う恐怖に襲われて目頭が熱くなる。

「礼乃、落ち着いて」

一度腕を払われたというのに、彼は再び私を優しく抱きしめた。

「泣かなくていい。……大丈夫だから、なにがあったのか聞かせて？」

「っ……ぅうっ……」

私は子どものようにしゃくりあげながら、昨日からついさっきの間に起きたできごとを、すべて透哉くんに話した。私自身が混乱しているため、要領を得ない部分もあっただろうけれど、私のひと言ひと言にきちんとを耳を傾け、聞き届けてくれた。

「――話はだいたいわかったよ。よく話してくれたね」

ひと通り話し終えたあと、彼が私をソファに促した。ふたりで横並びにかける。

すべてを打ち明けて安堵感を得られたことと、話をして頭のなかの整理が行われたことで、私もクールダウンできた。私が緩く首を振る。

「何度考え直しても信じられない……私が瑛司くんと――なんて」

「うん。礼乃はそういう不誠実なことをなによりも嫌っていたし、俺もそれはないと思う。だから俺は、礼乃が璃子に宛てた手紙のほうが真実味がある気がするな」

「……そうなると。瑛司くんがうそをついたってことになっちゃう……」

――あれが演技だったというのだろうか？　普段から真面目そうで、礼佳のお世話もいやな顔ひとつせずに買って出てくれた彼が、そんなことをする？

それよりは、手紙にうそが書かれていたと考えるほうがまだ納得できる気がする。

たとえば璃子ちゃんに瑛司くんとの関係がバレそうになったとか、第三者に見られて自分の立場に危機感を覚えたとか。

……でもそれが真実なら、私がものすごくいやな女になってしまうのだけど……。

「……透哉くん、実家から家族会議の連絡はあった？」

「うん。今週末、ふたりで来てほしいって、実家に呼ばれた。……璃子から礼乃に確認したいことがあるって。俺は詳しいことはまだ聞いてなかったけど」

「……そう」

瑛司くんから聞いていたこともあって、冷静に受け止めることができた。……今週末、緑川家で不貞を追及されるのか。

「俺は礼乃を信じてるよ。だから、認めたくないことは、無理に認める必要はない」

「透哉くん……でも……」

瑛司くんがうそをつく必要なんてないのに？

訊ねたいけど、はっきりと結論を出すと、自分の首を絞めることになる。透哉くんに嫌われたくない身勝手な私は、その言葉を引っ込めた。

「——私も自分がそんな恥知らずな人間だとは思いたくない。でも、記憶がない以上は否定もできない」

自分で自分が信用できない。……六年間の空白は、あまりにも長い。

「もう一度言うよ。俺は礼乃を信じてる。結婚してからずっと——ううん、その前からずっと礼乃のことを見ていたんだから、間違いない」

「透哉くん……」

——そんな風に無条件に信じてもらう権利、私にはないよ……。

となりに座る透哉くんに胸に縋りつくと、また目頭が熱くなって——やるせない気持ちが滴となって溢れてくる。

「忘れないで。俺は礼乃の味方だよ」

彼はふわりと私の頭を撫でたあと、顎に指先をかけ、そっとキスをした。やっとこの唇の感触に馴染んできたというのに、あとどれくらいこうしていられるのだろう。

透哉くんがかばってくれるのはうれしいけれど、瑛司くんがうそをついているなんて、やっぱり考えづらい。

あんなに怒り心頭だった彼のことだ。家族会議の場では、私の悪行を裏付けるものが出てくるかもしれない。いかに「信じる」と言い切ってくれる透哉くんでも、それに触れれば認めざるを得なくなってしまうだろう。

場合によっては、私のほうから身を引くという選択肢も考えなければいけないか。

できればずっと透哉くんの妻でいたいし、礼佳の母親でいたい。でもそれ以上に、透哉くんを不貞した妻の夫に、礼佳を不道徳な母親の娘にしたくないのだ。

これはまだ創業五年目の丸園百貨店の評判にも関わる。こういった噂は、どこからともなく流れてしまうものだ。

『今、礼乃さんができるのは、自分の浅はかな行動を認めることだけですよ』

耳元で、瑛司くんが放った言葉が聞こえてきた。

家族のため、会社のため——そして傷つけた璃子ちゃんや瑛司くんのためにも、罪を素直に認めて謝ることが今尽くせるベストなのかもしれない。

私は彼に抱き留められながら、断罪される決意を固めていたのだった。

◆◇◆

緑川家で家族会議が催される日曜日は、私の心情とは正反対の快晴だった。

いつもの時間に起床しキッチンで朝食の準備をしていると、透哉くんが起きてくる。

「おはよう、礼乃」

「おはよう、透哉くん」

朝起きて交わす、なんてことない挨拶をこんなに尊いものと感じたことはなかった。

……今日を越えても、彼は私に、こうやって快く挨拶をしてくれるのだろうか。

「今朝はなに？」

キッチンのカウンター越しに彼が訊ねる。

「オムレツにしようかなって。最近、礼佳が気に入ってるみたいで」

「いいね」

そう楽しげに言ったあと、透哉くんはおもむろに私の顔を覗き込んだ。

「――不安で眠れなかった？」

図星を突かれて、私は一瞬、なにも答えられなくなる。

「って、顔に書いてある」

「……本当、すぐバレちゃうんだから」

私は自虐的に笑うと、彼は眉を下げ、ぽつりとつぶやくように言った。

「ごめんね、礼乃」

「どうして透哉くんが謝るの？」

悲しそうな声音にたまらなくなる。私は小さくかぶりを振った。

「――謝らなきゃいけないことしてるのは、私のほうなのに」

「まだ決まったわけじゃないだろ」

興奮気味に言ったのを、優しく窘められる。彼はいつもの優しい微笑みを浮かべてこう言った。

「礼乃は悪いことなんてしてない。俺が守るから大丈夫。たとえなにがあっても、俺だけは礼乃の味方だから。……それだけは忘れないで」

「……ありがとう」

透哉くんがそばにいてくれるから、どうにか自分を保っていられる。彼のどこまでも温かな想いに、涙腺がまた緩む。

「やだな、私、こんなに泣き虫じゃなかったのに……」

「確かに、記憶喪失前のほうがもっと気丈だったかも」

下まぶたに浮かんだ涙の滴を指先で拭うと、透哉くんがいたずらっぽく言う。

「──前の礼乃もツンツンしててかわいかったけど、今の少し丸くなった礼乃もかわいいよ」

「そ……それは、どうも」

褒められているというよりは、面白がられているのかもしれないけれど、かわいいというフレーズには否応なしにうれしくなって、頬が熱くなる。

「照れてる？」

「わかってるくせに」

この距離ではバレてしまっているに違いない。いじわるな台詞にはツンとした言葉を返すと、彼は楽しげに笑った。

「そういえば礼佳、まだ起きそうにない？」

透哉くんが「うん」とうなずく。

「――昨日、久々の動物園で大はしゃぎだったから。向こうで機嫌悪くなられるよりは、家でたっぷり寝てくれてたほうが助かる」

「そうだね」

昨日は礼佳の希望で、動物園に出かけた。キリンが大好きな礼佳は久しぶりに実物を見られて大はしゃぎ。小動物とのふれあい広場でうさぎやモルモットを触ったり、ポニーに乗ったりと一日かけて満喫していた。

礼佳がよろこんでくれたのはもちろんのこと、私としても、親子三人での楽しい思い出を作れてよかった、と思った。今日の家族会議の展開によっては、三人での最後の思い出になる可能性もあるからだ。

休日にしては早めに起きてしまったこともあり、朝食の下ごしらえは済んでしまった。食パンはトースターにセットしてあるし、あとは卵となかの具を一緒に焼いて巻くだけだ。でも彼の話しぶりからするに、礼佳はもうしばらく寝ているだろう。

「——そうだ。俺がもらった手紙の残り、見てみる？」

透哉くんも時間が空いたと思ったのだろう。思い出したようにそう提案した。そういえば、先日実家にある分を取りに行った、と聞いていた。

「……そうだね。見せてもらおうかな」

やっぱり自分の書いた手紙を改めて目にするのは恥ずかしいけれど、失った彼との思い出を共有する数少ないチャンスには違いない。それに、油断するとすぐそこに控えた家族会議のことばかり考えてしまいそうで、気を紛らわせたかったのもある。

——これがふたりきりで楽しく過ごす、最後の時間になるかもしれないし……。

◆◇◆

十三時。緑川家には、招集をかけられた面々が集まっていた。

緑川社長夫妻——義父母と、璃子ちゃん、私、透哉くん、瑛司くん、そして国分さんが、広々としたリビングに集結した。話の内容としては、私の実父母も呼ぶべきなのかもしれないけれど、今日は事実確認がメインということなのか、招集はかからなかった。

L字のソファの並びに義父母、角を挟んで璃子ちゃんが座り、向かいのベンチに私と透哉くん。ひとり掛けに瑛司くん、国分さんがそれぞれ腰を下ろした。

「おにわであそぶ〜」

「すみません。お手数かけますけれど、よろしくお願いいたします」

込み入った話になるため、礼佳は緑川家の若いお手伝いさんに見ていてもらうことになった。物々しい雰囲気など意に介さずはしゃぐ礼佳は、顔見知りということもありお手伝いさんに懐いている。私が頭を下げると、お手伝いさんは「とんでもないです」と恐縮して、礼佳の手を引き庭に出て行った。この家には庭師が入っており、四季折々の花が咲いているようだから、それを見せに行ってくれたのだろう。

「今日集まってもらった理由は、わかっているね?」

義父は私に視線をくれながらそう訊ねた。

ロマンスグレーの清潔感のある短髪に、温かみのあるブラウンのシャツと細身のベージュのパンツが親しみやすい印象のコーディネート。けれど、シャープな輪郭、厳しさを伴う鋭い眼光、薄い唇は、六十代後半にして畏怖を感じるような威厳と風格があった。さすが丸屋百貨店を一代で築き、国内最大手と言わしめただけある。

久しぶりにお話ししたのは件のパーティーのときで、始終私の体調を気遣ってくださった。やはり親子と言うか、オフのときの優しい雰囲気は透哉くんに似ている、と感じた。

「私も璃子から聞いた話だけでは判断できないと思ってね。こうして礼乃さんと――彼らをお呼び立てしたんだ」

彼ら、と言って示したのは瑛司くんと国分さんだ。ふたりとも、場の空気に圧倒されているのかずっと俯いている。

私は膝の上でぎゅっと両手を組んでいる璃子ちゃんを見た。泣き腫らしたであろう目は、いつも二重のはずが一重になってしまっているのを、メイクで一生懸命隠しているように感じられた。国分さんが家にやってきてから時間が経っているけれど、彼女の悲しみは少しも癒えていないのだ。

――彼女を泣かせているのは私だ。申し訳ない気持ちで、心がずきんと痛んだ。

「瑛司くん。先日の話を、もう一度聞かせてくれないか」

「は、はい……」

義父の口ぶりでは、これまでの間に、すでに説明を済ませているのだろう。瑛司くんはいつになくか細い声で答えると、不安そうに周囲を見回してから話し始めた。

「……ぼっ……僕は……璃子さんとお付き合いをさせていただいているにもかかわらず……璃子さんの義理のお姉さんである、礼乃さんと……その、か、関係を、結んでしまいましたっ……」

瑛司くんがなんとか言葉を紡ぐと、傍らですすり泣く声がする。璃子ちゃんだ。彼女の横に移動して、義母が落ち着かせるように背中を優しく叩く。

義母はもともと丸屋の副社長をしていた方で、丸園の役員のひとりだ。艶のある黒髪のショートカットに、白いブラウスとくすんだブルーのロングスカートを合わせた清楚な装いの義母は、見た目やメイクも若々しい。

「言い訳になってしまいますけど……本意ではなかったんです！　強引に押し切られて、断れなかった僕が悪いと言われればそれまでですが……角を立ててはいけないと思ってしまって」

瑛司くんが璃子ちゃんのほうを向くと、泣き声が止んだ。ふたりの視線が交わると、瑛司くんが深呼吸をする。

「――今でも僕がいちばん大切な人は璃子さんです。それだけは誓って言えます。傷つけてしまって、本当にごめんなさい」

璃子ちゃんに向かって頭を下げる瑛司くん。璃子ちゃんは彼の苦しげな表情を見ると、俯いてまた泣き出してしまう。

「……礼乃さん、瑛司くんが言っていることは本当かな？」

義父は私に呼びかけてから「もちろん」と付け加えるように続ける。

「――君の記憶が完全に戻っていないことは透哉や璃子から聞いている。だからこそ、こんな質問をするのは酷だとわかっているのだが――」

「いえ、お義父さん。お気遣いありがとうございます」

私は義父に頭を下げると、依然、泣き続けている璃子ちゃんに身体ごと向いた。

「まずは璃子ちゃん」

名前を呼ばれた彼女が、びくっと肩を震わせた。顔を上げてくれるのを待っていたけれど、私と目を合わせる気にはならないのかもしれない。俯いたままの彼女を見つめながら、私が続ける。

「悲しませてごめんなさい。あなたにそんな顔をさせてしまっているのが私なのだと思うと、心底つらいです」

記憶を失ってからというもの、璃子ちゃんに助けてもらったことは数知れない。まるで本当の妹のように気にかけてくれている彼女を、こんな形で苦しめてしまうなんて。

「――でもね、これだけは信じてほしい。私は、あなたを裏切ったりしてない」

「っ……？」

私の言葉に、ようやく璃子ちゃんが泣き止んだ。そして、涙にぬれたぼんやりとした顔で私を見つめる。

「私は瑛司くんと関係を持った記憶はありません。彼がこの場でお話ししたことは、すべてうそです」

「なっ……！」

きっぱりと言い切ると、小さな悲鳴にも似た声を上げたのは瑛司くんだ。彼のほうに視線をくれると、彼は困惑気味に数度目を瞬かせたあと、口元をひくひくと引きつらせていびつな笑みを浮かべる。

「礼乃さん……？　ここに来て追及から逃れようとするのはよくないですよ。自分のしたことを認めてください」

「いいえ、認めません。私は、あなたと関係を持った記憶なんてないので」

「記憶って。あるわけないですよね。だいたい、あなたには二十三歳までの記憶しかないんでしょう？」

私が『記憶』という言葉を使ったせいか、瑛司くんが皮肉っぽく反論してきた。

「──記憶を失くしたからって罪までは消えませんよ。僕だって、不本意な形で迫られて……傷ついているんですから。それをなかったことになんてさせません」

──あくまで自分は被害者と言う立場を貫こうというわけか。そんな悲壮感に満ちた物言いをされても、私は揺らがない。

「その言葉、そっくりそのままお返しします。私が記憶を失くしたからって、自分のしたことが消えるとでも思ったの？」

「……どういう、こと？」

淡々と詰めると、瑛司くんの目が怯えたように見開かれた。その様子を見逃さなかった璃子ちゃんが、手の甲で涙を拭って、微かな声で訊ねた。

「私、全部思い出しました。……二十三歳から、事故に遭う直前までの記憶を」

「本当なの？」

それまで会話には加わらず、璃子ちゃんを慰めているばかりだった義母が激しい驚きとともに問いただす。私はしっかり「はい」とうなずいた。

「透哉は知っていたのか？」

義父も義母同様に驚きを隠せず、前傾して透哉くんに訊ねると、彼が首を縦に振る。

「……というか、今朝の話だから。その場に一緒にいたと言うほうが正しいかな」

そう、失くしものは――思いもよらないタイミングで私のもとへ戻ってきた。

あれは、過去に透哉くんに渡した手紙を読み返していたときのこと――

◆◇◆

「……結婚丸一年の記念日から五年目までと、礼佳が生まれたとき……それと透哉くんの誕生日に毎年か……すごいね、これで全部揃ったんだ」

毎年結婚記念日の五月三十日に合わせて贈っているものと、一月二十九日の透哉くんの誕生日に贈っているもの、それらが、朝食前のダイニングテーブルに並べられている。最近のものはいくつか見せてもらっていたけど、こうしてすべて並べると壮観だ。

「こうして見ると、たくさんもらってたんだって実感するよ」

正面に座る透哉くんはうれしそうに微笑んで言った。そんな顔をしてもらえるなら、認めたかいがあるというものだ。

「ねぇ、結婚前は手紙って送ってないの？」

「そうだね。もらったのはこれが初めて」

指先でこれ、と示したのは、結婚一周年記念に書いたと思われる手紙だ。生活をともにする感謝や、いつもそっけなく返事をしてしまうことに対する反省などが綴られているけれど——最近書かれたものに比べ、妙にさっぱりした内容なのが気になった。宛名も『緑川透哉様』と他人行儀だ。

「夫に対する手紙……にしては、愛情表現が極端に少ない気が」

「鋭いね。多分、このころの礼乃には、あんまり好かれてなかった」

「えっ、そうなの？」

——結婚しているのに好かれてないとは……？

「詳しく聞いてもいい？　……私が自然に思い出すまで待つって言ってくれてるけど、やっぱり、どういう事情があったのかちゃんと知りたい」

「そうだね……」

私にプレッシャーをかけまいとする彼には、あまり気が進まないのかもしれない。けれど、私の心情も汲んでくれたようで、少し考えてからこくんとうなずいた。

「俺たちは丸園百貨店が誕生する少し前に結婚した。当時は軽くニュースにもなったりして、企業のいい宣伝になったみたいだね」

統合する会社——それも丸屋と北園という業界最大手の跡取りふたりが結婚とは、

インパクトが強い。マスコミが話題にしたがるのはよくわかる。

「ただそのころ、俺と礼乃の仲はお世辞にもいいとは言えなかった。大学のころの雰囲気をそのまま引きずってるって感じで」

「だろうね。親同士が決めたこととはいえ、結婚なんて戸惑ったんじゃない?」

二十三歳までの私は彼と極力接触しないようにしていた。透哉くんのルックスがいいのは認めていたけれど、からかわれたり、馬鹿にされたと思う発言が多かったから、一緒にいると揉めてしまう。そんな私たちが結婚なんて、当時の私はよほど驚いたに違いない。

「俺はよろこんでたよ。だって礼乃との縁談を後押ししたのは俺だし」

「えっ⁉」

意外だった。おそらくぎょっとした顔をしていたのだろう。彼がぷっと噴き出すように笑った。

「……なんで?」

「なんでって、理由なんてひとつしかないよね?」

愚問だと示すみたいに透哉くんが首を傾げる。

「――前にも言ったよ。ずっと礼乃のこと好きだったからだって」

――そうだった。当時はまったく気が付かなかったけれど、彼は学生時代から私を想ってくれていたのだと、以前打ち明けてくれていた。

「……全然、わからなかった」

「俺も若かったから、アプローチして拒否されるのが怖かったんだよ。気まずくて避けられるよりは、口ゲンカでも会話ができたほうがよかったんだ。それに礼乃はかわいいから、誰かに取られやしないか心配で。だから、まず結婚して俺のことをゆっくり知ってもらって……好きになってもらう作戦にしたんだ」

ちょっと照れくさそうに言って、視線を俯ける彼を、かわいい――と思ってしまった。いつも私をからかって楽しんでいるだけだと思っていたけれど、いわゆる、好きな子をついいじめてしまう心境だったわけだ。

「父親は、北園にも同い年の娘がいるって知ってたんだよな。冗談で『嫁に来てくれれば結束が強まるな』とか言ってたから、それを俺が本気に受け取って、猛プッシュしたってわけ。で、『そこまで言うなら一色社長に相談してみよう』って、あとはトントン拍子に」

権威主義のうちの父のこと、緑川社長に提案されたら断る手はないと思ったのだろう。父の性格なら、万年二番手で甘んじるよりは下ってしまったほうがいいと考え、私の意見なんてろくに聞かずに快諾したのだろう。

まぁ私も幼いころから、会社より大切なものはない、という教育のもとで育てられてきたので、それが北園のためと説得されたらしぶしぶ受け入れたのだろうけれど。

「結婚までして好きにならなかったらどうするつもりだったの？　悲惨じゃない？」

「その質問、礼乃らしいね」

確かに悲惨。そう言いたげにおかしそうに彼が笑う。でも次の瞬間、彼の瞳が真摯に私を見つめた。

「――絶対、振り向かせるって決めてたから。礼乃を好きな気持ちは誰にも負けないって自信あるからね」

「……本当に振り向かせるなんてすごいね。ありがとう。……うれしいよ」

――私、こんなに愛してくれる旦那様と結婚して、本当に幸せだ。きっとそんな透哉くんだから、一緒に暮らしていくうちに彼を信頼し、好きになれたのだろう。

……だからこそ、裏切りを働いていたのだとしたらやるせない。

「前もそう言ってくれたね。こちらこそ、俺の奥さんでいてくれてありがとう」

優しい言葉に胸がきゅんと切ない音を立てた。お礼をたくさん言わなければいけないのは、私のほうなのに。

「……私はいつごろ、あなたを好きになったのかな」

とてつもなく知りたい、と思った。かつての私が、この優しい夫に愛情を抱き始めたのはいつなのだろう、と。

「知りたい？」

透哉くんが短く訊ねたあと、テーブルの上から一通の手紙を手に取り、私に差し出した。

「答えはここに書いてあるよ。礼乃からもらったなかで、俺がいちばん大事にしてる手紙」

「これは……？」

ワインレッドの封筒。ゴールドの封蝋シールが貼られているそれを受け取る。

「俺の二十六歳の誕生日にもらった手紙。よかったら読んでみて」

「……うん」

封蝋のシールを開けると、なかから横書きの便箋が一枚出てきた。

『緑川透哉様』――やはりちょっと他人行儀な宛名で始まるその手紙を読み始めると、脳裏に私と彼が食事をしている情景が浮かんできた。

――ここ、知ってる。どこだったっけ……？

あ、そうだ。私と透哉くんのお気に入りのリストランテ。結婚記念日や誕生日にはここでお祝いしようとふたりで決めたお店だ……。

◆◇◆

「改めて、お誕生日おめでとう」

「ありがとう、礼乃」

ワイングラスの縁がぶつかって、涼しげな音を立てる。ラグジュアリーホテルの一角にあるリストランテ。角を挟んでとなりに座った私たちはコース料理を堪能し尽くし、いよいよドルチェの時間だ。

ドルチェは、バースデーのメッセージプレート。ティラミスやクレームブリュレ、ラズベリーのジェラートなどと一緒に『Buon compleanno!』と、イタリア語で『お誕生日おめでとう』との言葉がチョコレートソースで添えられている。なので、私たちはほんの少しだけ残った赤ワインでもう一度乾杯をした。

「……まだ慣れないな。その呼び方」

緑川くんに『礼乃』と呼ばれ出したのは、年が明けてからだ。それまでは『礼乃さん』と呼ばれていたのに、急に呼び捨てになった。

「そう？　俺はかなりしっくりきてるけど」

「ふーん、そうですか」

「つれないな」

私のそっけない反応を、彼がおかしそうに笑った。

慣れないのは呼び方だけではない。親の言いつけで緑川くんの妻となって以降、彼の様子がどうもおかしい。なにかと私に突っかかっていたのに、式が終わり、同居生活を始めてから、人が変わったみたいに優しくなった。たとえば毎夜労わりの言葉をかけてくれるとか。「きれいだよ」「かわいい」とかしきりに褒めてくるとか。家事を率先してやってくれたりとか。

特に家事——料理の腕前がいつの間にか上達していることには度肝を抜かれた。聞けば、私がかつて結婚相手の条件として『料理ができること』を掲げていたから、こっそり勉強していたのだという。言ったほうは、聞くまですっかり忘れていたのに。

緑川くんの突然の変わり身に、私は混乱した。こんなの、私の知ってる彼じゃない。

実際、本人にも直接言ったと思う。返ってきたのは『礼乃さんが好きだからだよ』だった。

どうやら緑川くんは学生のころからずっと、私のことが好きだったみたいなのだ。

最初は冗談だと思った。あれだけケンカのような応酬をしておいて、そんなはずはないだろう、と。

でも彼は『これから俺のことも好きになってもらうよ』と宣言した。以降、彼とのやり取りには、甘ったるいニュアンスが混じるようになったのだ。

「俺のことは、意地でも名前で呼んでくれないの？」

「緑川くんは緑川くんでしょ」

「自分だって緑川さんのくせに」

「だったら悪い？」

鋭いひと言を浴びせると、彼が声を立てて笑う。

「紛らわしいから、名前で呼んだほうがいいと思うけど」

「…………」

私がどんなにそっけなく切り返しても、彼はそれすら愉快そうにしている。

不思議な人。私みたいに素直じゃなくてかわいげのない女のどこがいいんだろう？

緑川くんなら、彼を想うもっと素敵な女性がたくさんいるだろうに。私との結婚は家同士の決まりごととして割り切って、外で自由に遊ぶという選択肢だってあるはずだ。

なんて思いつつ、外で別の女性といちゃつく彼の姿を想像すると、胸が抉られる。

……緑川くんも緑川くんだけど、私も私だ。学生時代のことなんて忘れて、いつの間にか——彼のことばかり考えるようになってしまったとは。

「……そうね。あなたの言う通りかも」

「礼乃？」

緑川くんが不思議そうに訊ねた。刹那、私はアルコールの勢いを味方に付けて、小さく息を吸い込んだ。そして。

「——透哉くん」

——彼の名前を初めて呼んでみた。思いのほか、左胸がときめく響きだ。

「…………」

まさか呼ばれるとは思っていなかったのだろう。緑川くんは軽く目を瞬かせている。

「そんなに驚かなくてもいいじゃない」

オーバーなリアクションに思わず突っ込むと、緑川くんが「いや」とつぶやく。

「……驚くよ。これまで一度だって呼んでもらったことないんだから」

彼の端整な顔が、満面の笑みに彩られる。

「うれしい。ありがとう。これ以上ない誕生日プレゼントだよ」

「……これくらいで、そんなによろこばないでよ」

まさか名前を呼んだくらいで、こんなにうれしそうにしてくれるなんて。

――この人の笑顔を見るたびに、胸をやんわりと掴まれるような甘苦しさを覚えるのは、彼が私にとってそれだけ特別な存在になったからだろう。

「一応、こういうのも用意したけど……じゃあ必要ない？」

私はクロークに預けずに傍らに置いていた小さなショッパーを、軽く掲げて見せた。

「もしかしてプレゼント、用意してくれたの？」

「わ、私も自分のときにもらってるから、そのお返しっていうか……」

わざわざ気合いを入れて選んだと知られてしまうのが恥ずかしくて、私は言い訳をするように早口で言った。けれど。

――だめだ、これじゃいつもと同じパターンじゃないか。

しっかりして、礼乃。今日は――今日こそは、自分の本当の気持ちを伝えるって決めたんでしょう？

恥ずかしいからって、いつまでもごまかしてはいけない。いつも緑川くんに伝えてもらっている分、今日くらいは私のほうからも歩み寄らなければ。

私は勇気を振り絞るように深く息を吸い込んだ。

「ううん。違う。……私があなたによろこんでほしいから選んだの。受け取ってくれる？」

私が問うと、彼は瞳を細めてから、すぐさまうなずいた。

「もちろんだよ。開けていい？」

「どうぞ」

ショッパーを彼に手渡すと、彼は丁寧に中身を取り出した。正方形の包みと、ワインレッドの封筒。封筒の中身は、私が今日のために書いた手紙だ。彼はまず、正方形の包みを開けた。

「ネクタイピンだ。毎日つけるね」

「き、気に入ってもらえたならよかった」

選んだのは、彼が好きなブランドのタイピン。ゴールドとプラチナのプレートに、彼の誕生石であるガーネットがワンポイントになっている。

どうせ贈るなら、身に着けるものにしたかった。タイピンなら気軽につけ外しできるし、見るたびに自分を思い出してもらえるかも、と。

「こっちも、今見ていい？」

「だ、だめっ」

緑川くんが封筒を開けようとしたので、私がすかさず制止をかける。

「――恥ずかしいから、その……あとで読んでもらったほうがっ……」

「そんな恥ずかしい内容が書いてあるの？」

「っ、そういう、わけじゃないけどっ」

「じゃあいいじゃない」

「あ、ちょっとっ」

彼はいじわるに笑うと、封筒を開け、なかの便箋を開いて読み始めた。

――目の前で読まれるのは想定外だった。私、どんな顔して待ってればいいの？

「～～～っ……」

「……礼乃、本当に……？」

やがて読み終わった緑川くんが顔を上げる。そして、信じられないとばかりにこちらを見て、声を震わせた。

恥ずかしさが頂点に達した私は、声すら出せずに微かにうなずく。

「――礼乃、出よう」

「え、でもまだ……」

ドルチェも途中だし、食後のコーヒーも残っている。私が躊躇していると、彼が耳元で囁く。

「早く礼乃を抱きしめてキスしたい。もうさんざん待ったから、これ以上は待てない」

「っ……」

刹那、顔が熱くなる。それがなにを意味している言葉なのかはすぐにわかった。

私も彼も、戸籍上の夫婦とはなったものの、肉体的な触れ合いは皆無だった。彼のほうから「いつか俺を好きになったときでいい」という申し出があり、それに甘えていた形だ。

「いい？　……礼乃がほしい」

拒む理由はなかった。私たちは夫婦で想い合う関係。むしろそうならないほうが不自然なくらいで。

私は自分の書いた短い手紙の内容を思い返しながら、しっかりとうなずいた。

『いつもかわいげがなくて、素直になれない私だから、手紙で伝えることを許してください。私もあなたのことが好きです。あなたと、愛し愛される夫婦になりたいと、心から思っています――』

リストランテの景色が歪み、これまで感じたことのない強烈な頭痛がした

「礼乃⁉」

とても立っていることのできない激しい痛みで、どうにかなってしまいそうだった。

私はその場に崩れ落ち、倒れてしまいそうになったところを、慌てて椅子から立ち上がった透哉くんに支えてもらう。

「礼乃、大丈夫？」

「ぁ……」

いつの間にか額に汗が滲んでいたようだ。噴き出たそれが滴となり、顎先に向かってつっと滴っていく。

しばらくは頭が割れるかと思うような痛みに耐えて——その間、ダムに水が急速に溜まっていくみたいに、膨大な情報が流れ込んでくるのがわかった。

記憶の穴がどんどん塞がっていく。むしろどうして覚えていなかったのかが思い出せないほど、その記憶は確実に私自身のものとして定着していく手ごたえを感じた。

六年前から現在まで。ありとあらゆる空白が消え、満たされていく。

もちろん、私が犯したという不貞についても——

「全部……思い出した」

「え？」

ひとりごちたあと、私の身体を支えてくれている透哉くんの顔を見やった。

「私、全部思い出した。失くした記憶を、全部……」

彼が瞠目して、言葉を失う。

――そう。そういうことだったの……。

やっぱり私は、家族に恥じるようなことなんてしていなかったのだ。

誤解を解かなきゃ。そして真実を伝えるんだ。でなければ、緑川家のみんなが悲しむことになるから――

◆◇◆

「記憶が戻る前から、ずっと気がかりなことがありました。私が自損事故を起こした場所です」

今朝の記憶を辿りながら私が続けると、その場にいる全員の視線が私に集中する。

「勤務先に向かうにはずいぶん遠回りです。あの道を通ったのは、私はどこか別の場所に寄ってから出勤しようとしていたからなのです」

　私は璃子ちゃんに視線を向けた。

「――前に教えてくれたよね。あの道の先には、あなたの通っている大学があるって」

「う、うん……」

　私の問いかけに、彼女が戸惑いながら返事をした。

「私はあなたの大学に行こうとしていたの。……瑛司くんと話をするために」

「瑛司と……？」

「一年くらい前かな。璃子ちゃんから相談を受けたことがあったの、覚えてる？　瑛司くんのことで」

　璃子ちゃんが控えめにうなずく。

「その内容、今ここで言っても平気？」

　彼女は考えるそぶりをしながらもう一度うなずくと、瑛司くんを一瞥して口を開いた。

「瑛司が席を外してるとき、瑛司のスマホに女の子から着信がきて……不安になって、メッセージアプリを勝手に見ちゃったの。そしたらその子と……けっこう、深い仲を思わせるような、親密なやり取りもあったりして……」

「不安に思った璃子ちゃんが、私に相談してきたの」

『礼乃ちゃんだから言えるんだけど』との前置きしたことから察するに、彼女は他の誰にも相談していないようだった。私は秘密を守ることを約束して話を聞いた。

瑛司くんの反応を窺うと、彼は狼狽しているように見えた。もしかしたら、彼は浮気を疑われていたことを知らなかったのかもしれない。

「私は『浮気をする男性は人としても信用できないから、やめておいたほうがいい』って言ったと思う。そうだよね？」

私が確認すると、璃子ちゃんがまたうなずく。

「そのアドバイスが正しかったことを、身をもって知ったの。……私自身が、瑛司くんに言い寄られるようになったから」

「瑛司が、奥様に……⁉」

それまで完全に空気になっていた国分さんが、信じられないとばかりに初めて発言した。気持ちはわかる。私だってとても驚いたのだから。

「ちょうど璃子ちゃんに瑛司くんのことを相談された直後だった。うちのマンションに璃子ちゃんが瑛司を連れて遊びに来たとき、こっそり連絡先を訊かれたの。もう何度も顔を合わせているし、璃子ちゃんのことで相談したいことがあるって言い方だったから、つい教えてしまったのね。それがいけなかった」

かわいい義妹の彼氏として接していた彼から、『ふたりきりで会いたいです』なんてメッセージが来たときは絶句した。まともに取り合ってはいけないと無視を決め込んだら、それが彼を煽ったのか『難攻不落の城こそ落としたいタイプなんです』なんて、逆に燃え上がられてしまったりして。

「すぐ璃子ちゃんに伝えるべきだったのかもしれない。でも璃子ちゃんの瑛司くんへの気持ちは強かったし、彼が璃子ちゃんに相応しくない人であると理解してもらうにはもう少し材料が必要だった。だから私は、時間をかけてその材料を探した」

そのときの璃子ちゃんは瑛司くんに夢中で、切り札的ななにかがなければ、取り合ってくれない気がしていた。

「……材料とは？」

厳しい表情で、今度は義父が訊ねた。

「瑛司くんが他の女性と連絡を取ったり、会っている証拠がないか調べました。もちろん私自身がスマートにできるはずもないので、興信所を使ってですが」

交際中の彼女の義姉である私にまで声をかけてくるのだから、女遊びの激しい人であると考えた。証拠を得るには、プロの力を借りるのが確実だ。私が続ける。

「そしたら思惑通り、璃子ちゃんの他に三人も親しくしている女性が出てきました。詳しくは伏せますが……興信所の報告データには、男女の関係であると一目でわかるような写真データが添えられていた」

　璃子ちゃんの手前はっきりとは言えなかったけれど、いわゆるそういうホテルへ一緒に入っていく場面を切り取ったものだ。言い逃れは難しいだろう。

「これがあれば、璃子ちゃんを説得できると思いました。いざとなったら、私宛に届いている執拗なメッセージも証拠になるので」

　瑛司くんの様子を窺うと——顔色が悪い。けれど彼は、それを必死に表には出すまいとでもいうように、片手で口元を覆いながら、うつろな表情で話を聞いている。私は真剣に耳を傾ける他の人々に向けてさらに続けた。

「……でもその前に、瑛司くんと話をつけることにしました。こんなひどい裏切りをされていることを、できれば璃子ちゃんには知ってほしくなかった。だから私は、瑛司くんのほうから身を引いてもらうようにしたかったの。彼の素行の悪さを黙っている代わりに、璃子ちゃんと別れてほしい、と」

　この提案に、最初は瑛司くんも承諾した。きちんと璃子ちゃんとお別れする代わりに、私のスマホのなかにある興信所の報告データを目の前で削除して見せるのを条件に。瑛司くんと会う理由はそれだったのだ。

――でも、当日になって、彼が翻意した。

「待ち合わせの大学に行く途中、電話がかかってきました。ハンズフリーで応対すると、やっぱり別れるつもりはないと言い出して」

璃子ちゃんが傷つくと思って言わなかったけれど、彼はその理由を『璃子ちゃんがいちばん好きで大切だから』とのたまった。

でもそんなのうそだとすぐにわかった。彼の行動には、璃子ちゃんに対する誠意がまったくないからだ。見えないところで不特定多数の女性と浮気を繰り返したうえ、義姉にもちょっかいを出すなんて。普通の感覚じゃない。

璃子ちゃんと付き合ったのは、将来を見据えてのことだったのだ。ゆくゆくは丸園の役員の椅子が手に入るかもと思えば、つなぎ止めたくなるものだろう。畳みかけるように私が言う。

「そこで言い合いになりました。窮鼠《きゅうそ》猫を噛むなんて言うけれど、まさにそんな感じで……邪魔をするなら夫や礼佳に危害を加えると脅しをかけられて――それで、私はハンドル操作を誤って」

『俺の人生の邪魔しないでくれる？　あんたの大事な夫や娘、どうなっても知らないよ？』

核心を突いた私に、瑛司くんが牙を剥いた。恐ろしい台詞が蘇ってきて、私はぶるりと背筋を震わせる。

いったいどんな手を使うつもりだったのかはわからない。でも、明らかに敵意むき出しの口調で怒鳴られ、不覚にも動揺してしまった。曲がるべきカーブで曲がり切れず、ガードレールに衝突。エアバッグに助けられたものの、その拍子に窓ガラスに頭を強く打ち付けた衝撃で、記憶を失ってしまった。

「……そ、そんなのは作り話です！」

場の人間の視線が、今度は一斉に瑛司くんに向けられた。ある人は驚愕を、ある人は非難を、ある人は軽蔑を伴って――いずれにせよ、強い嫌悪感を含んだ眼差しであることには間違いなかった。その冷眼に耐えられなくなったのか、彼は両手で顔を隠すように覆い、苦しげなため息を吐いた。

「……礼乃さんひどいです。そんなうそをついて、すべて僕のせいにするなんて」

「まだ納得できないと言うなら、こういう証拠もありますよ」

そんな演技には騙されない。気の弱いふりをしながら彼はとんだ食わせ者だ。

淀みなく答えてみせてから、私は背中に置いたハンドバッグから、例の淡い黄色の封筒を取り出した。

「それは……？」

「礼乃が璃子宛に書き残していた手紙だよ。事故に遭ったときの荷物のなかに入っていたみたいなんだけど、心当たりがなくてそのままになっていたんだ」

私の手元に掲げた封筒を見て義母が不思議そうに問うと、透哉くんが代わりに答えてくれる。

「……それ、見せてもらってもいい？」

自分宛だとわかると、璃子ちゃんが封筒を指差して訊ねた。私はうなずき、透哉くんを介して璃子ちゃんに手渡した。彼女は封筒を受け取り、すぐに中身をあらためる。

瑛司くんの不義理と、彼女の幸せを願う言葉の書かれた、その手紙を。

「最後に日付が入っているでしょう。私は手紙を書くときに、必ず日付を入れるようにしているの」

付け足すように私が言う。文末に書かれた日付は六月二日。事故に遭ったのは六月三日だから――その前日に書かれたものということになる。

私はどうやら、これを保険として用意していたらしい。瑛司くんが璃子ちゃんに別れ話をしないまま交際を継続するようなら、これを彼女に渡す心積もりだった。

「僕にも見せてもらえますか」

今度は瑛司くんのもとへ手紙が回る。内容を精査するように時間をかけて黙読したあと、彼が一笑する。

「これは証拠になんてなりませんよ。日付があったところでその日に書いたなんて証明にはなりません。もしかしたら、昨日せっせと書いたものかもしれませんしね」

確かに彼の言うように、日付はペンで書かれたもので、彼の言う通りいくらでも細工はできる。私自身も、これが動かぬ証拠になるとまでは思っていなかった。

それでも、私は璃子ちゃんに対する誤解を解きたかった。この手紙を通して、私が彼女を裏切っていないことを、彼女の幸せを望んでいることをわかってほしい。私にとっては真実を明らかにすることと同じくらい、それも大切なことだから。

「私は妻を信じます」

不意に流れる静寂を断ち切るように、透哉くんが堂々と言った。それから、また俯いてしまった璃子ちゃんのほうを向く。

「璃子、お前はどうなんだ？　礼乃が自分の過ちを隠すために、こんなうそをつくと思うか？」

「……私は……」

透哉くんに呼びかけられて顔を上げたものの、彼女は考え込んでしまう。

「璃子ちゃんは――璃子ちゃんだけは信じてくれるよね？」

「璃子ちゃん、ゆっくりでいいよ。焦らなくていいから」

瑛司くんと私、それぞれが璃子ちゃんに言葉をかける。彼女を追い詰めるみたいでいやだったけれど、今の率直な気持ちを聞きたかった。

彼女の言葉を待つ間、私は周囲の様子を窺ってみる。義父も、義母も、国分さんも。どちらの意見をどう捉えているかは読み取れなかったけれど、一様に険しい表情をしている。

「……私は」

場の緊張が最高潮に達したとき、ようやく璃子ちゃんが口を開いた。

「……瑛司を信じたい気持ちはある。でも……本当のきょうだいみたいに接してきた礼乃ちゃんが……うそをついているとは思えないし、思いたくない」

「璃子ちゃん……そんな」

恋人の自分よりも義姉である私のほうを信じた。彼は深く落胆してみせると、私を指差しながらこう口調を荒らげた。

「騙されてますよ、みなさん。この人は僕を誘って、それがバレそうになったらこうして相手に罪をなすりつけるような卑怯な人なんです！」

形勢が逆転してしまい、彼もかなり焦っているのだろう。身振りを交えて落ち着きなく話すさまは、彼の余裕のなさを示していた。

「そう――礼乃さんはそういう人です。身内には見せない、男好きな一面がある。僕以外にも色目を使っていた男がいるんじゃないですか、たとえば仕事で知り合ったなかに――」

「それは断じてない」

血走った目で私を見つめ、彼がさらに私を罵る。そこに水を差したのは透哉くんだ。彼は落ち着いているけれど、はっきりした口ぶりで否定する。

「礼乃は然るべき立場で、業務を不足なくこなしてくれている。丸園の人間としての責任感やプライドを持ち、取引先や部署内での評判もよく、そんな話は聞いたことがない。君の父上だってよく知っているはずだ」

言いながら、透哉くんは国分さんを睨むように見つめる。美しい顔立ちの彼の、冷淡な表情に、私も怖々としたものを感じずにいられない。国分さんはなおさらだろう。

「……は、はい。奥様の振る舞いが問題視されたことはないと……記憶しています」

やはり国分さんが少し怯えた風な声で述べると、言質は取ったとばかりに今度は瑛司くんに鋭い眼差しを向けると、強い口調でこう言い放った。

「いちばん近くで仕事をしている私が言うんだから、間違いない。妻を侮辱するのは、私が許さない」

……珍しく、透哉くんが本気で怒っている。瑛司くんも自分が悪手を取ってしまったことに今さら気付いたようだけど、出した言葉は引っ込められない。

「透哉の言う通りだ。私も礼乃さんがうそをついているとは思っていない」

そこへ、真相を見極めるべく、状況を冷静に観察していた義父が加勢してくれる。

「私もそう思います。透哉を公私ともに支えて、礼佳ちゃんに愛情を注いでくれる素敵な女性が、そんなことをするはずないわ」

義父が意見を述べると、義母もそれに同調した。瑛司くんの父親である国分さん以外の全員が、私の話を信用してくれたことになる。

「まだ続けますか？　どうしても認めないなら、興信所からもう一度調査データを送ってもらって、みなさんに見ていただいてもいいんですが」

調査データがあれば、少なくとも彼が三人の女の子と関係したことは証明できる。

私の潔白までは示せないものの、彼が璃子ちゃんに隠れて常習的に不誠実な対応を取っていたことははっきりするのだ。

いずれにせよ、瑛司くんの立場が好転する可能性はないと悟ったのだろう。彼は大げさにため息を吐くと、両手を頭のうしろに組んで、ぼすっと音を立てながら勢いよくソファに背を預ける。

「――あーあ、アホらし。ちょっかい出す相手を間違えたわ」

普段、わが家で見せることのない緩慢で粗暴な口調だ。事故の直前、電話で言い合いになったときと同じ。きっと彼の本質はこちらに違いない。

「瑛司、お前っ……！」

手のひらを返したような態度を見て、国分さんはやっと自身の息子の狂言だったと確信したのだろう。身を乗り出して叱責すると、瑛司くんは悪びれずに首を傾げた。

「『璃子と上手くいったら将来安泰』みたいなこと言ってたのは父さんだろ。そうやって俺のこと焚きつけたくせに」

「瑛司、どういうこと……？　ちゃんと説明して」

赤い目を潤ませて、今度は璃子ちゃんが弱々しく訴える。

「今聞いたまんまだよ。それ以上言うことなんてないね」

「私が丸園の一族だから近づいたの？　うそだよね？」

「だったらなに？　……そういうの、面倒くさいんだよ」

絡るように訊ねる璃子ちゃんに、言葉通り面倒そうに答える瑛司くんの姿は、まったく違うカップルを見ているみたいだった。開き直った瑛司くんが皮肉っぽく笑う。

「——そうだよ。別に好きじゃない。お前好みの優男を演じてれば逆玉に乗れるって、そう思っただけ」

「っ、最低——」

残酷な言葉で感情を逆撫でされた璃子ちゃんはソファから立ち上がると、瑛司くんに詰め寄る。

次の瞬間、彼女の手のひらが力いっぱい瑛司くんの左頬を打った。

「っ……」

瑛司くんが打たれた左頬を押さえて表情を歪ませているけれど、心により強い痛みを感じているのは璃子ちゃんのほうだろう。

本当の意味で、璃子ちゃんの怒りは瑛司くんに届かないのかもしれない。彼女自身もそれを感じ取ったのか、力なく自分の席に戻って、泣きながら義母に縋りつく。

「……記憶喪失の私の力になるというあなたに、心から感謝したときもあった。でもあなたは私を心配するふりをしながら、私の最近の記憶が戻っていないかどうかを執拗に確認していたよね。……自分の悪事が露呈しないように」

今ならわかる。心配しているのはただのポーズで、彼は私の記憶が戻ることを恐れていたのだ。

「そうだよ。記憶喪失って聞いて初めはラッキーって思ったけど……あんたは俺にとって時限爆弾と同じだ。でももう、いつ思い出すかなんてビクビクし続けるのに耐えられなくなった。ならいっそのこと、肝心なことを忘れてるうちに全部あんたのせいにできれば、あんたを緑川家から追い出せるかもって。そしたら、璃子と別れる必要はなくなるだろ」

——国分さんに狂言を吹き込んだのが疑問だったけれど、私を緑川家から追放するためだったのか。あたかも私が彼を誘惑したかのように振る舞って。

なんてひどい。彼は自分の将来を守るためなら、私たちの家庭を壊すことなんてなんのためらいもないのだ。

「——あのままずっと忘れてたらよかったんだ。畜生、どうして今、思い出したんだよっ……！」

「お前、自分がなにを言ってるのかわかってるのか⁉」

やり場のない苛立ちを私に向ける瑛司くんの胸倉を、たまらず立ち上がった国分さんが強引に掴んだ。

「――こんなに恥ずかしいことはない。申し訳ございません。馬鹿息子がとんでもないことをっ……」

「やめろよっ！」

ハッと我に返り、瑛司くんのシャツの襟元から手を離した国分さんが、その場に這いつくばるようにして土下座をする。いつか見たときよりもずっと悲壮感のある姿に、瑛司くんが拒否感を募らせ、声を荒らげる。

「……俺は父さんみたいに丸園の人間にヘコヘコ頭下げるなんてごめんだ！　もうあんたたちには関わらない。それでいいだろ」

話は終わった。そう言いたげに瑛司くんがソファから立ち上がる。

「待ちなさい」

威厳ある物言いでそれを制したのは義父だ。義父は透哉くん同様、怒りを滲ませた目で瑛司くんを見つめている。

「――このまま君を帰すわけにはいかない。璃子の父親として、礼乃さんの義父として、事実を改めて確認させてもらいたい。そのうえで今後について取り決めをしよう。それだけのことをしたという自覚はあるだろう？」

かわいい娘と、息子の妻を傷つけられた。義父にとっても、瑛司くんは憎むべき存在だ。このまま逃がさないという気迫が、言葉から、佇まいから感じられる。

「……君が将来どんな仕事をしようとしているのかは知らないし興味もないが。自分の評判を落としたくないのなら、きちんと話をしようじゃないか」

緑川社長は交友関係が広く、様々な業界に伝手がある。璃子ちゃんと付き合っていた瑛司くんもそれをよく知っているだろう。ここで誠意を見せておかなければ、未来の自分が苦しむことになるかもしれない。義父自身も、敢えてそれをわからせようとしているみたいだ。

「……わかり、ました」

こうなってしまったら、瑛司くんはうなずくよりほかはないだろう。

一転、しおらしくなってしまった瑛司くんとともに、家族会議はもうしばらくの間続いた。

◆◇◆

「お疲れさま、礼乃」

「透哉くんも」

――その日の夜。私たちは自宅に戻ると、ふたりきりでお疲れさま会をしていた。ダイニングテーブルの上には、何種類かのチーズとグラスに入ったシャンパン。ハーフボトルのシャンパンはふたりで気軽に飲み切れるサイズで、ストックも多い。これは先週立ち寄った最寄りの丸園百貨店の地下で購入した。爽やかな果実味とのど越しが心地よく、おいしい。

礼佳は今夜、透哉くんの実家でお泊まり。提案したのは璃子ちゃんだ。「今夜は落ち込んじゃいそうだから、礼佳と一緒に寝たい」と。礼佳も大好きな璃子ちゃんと一緒に寝られるのがうれしくて、「ぱぱ、まま、あしたね!」と元気よく送り出してくれた。明日は保育園はお休みして、午前中に迎えに行く約束をしている。

「みんなが私を信じてくれたから救われたけど、確かにあの手紙だけじゃ証拠にはならないってヒヤヒヤしてたんだよね……」

瑛司くんが派手に遊んでいるのは興信所の報告データを見せれば信用してもらえるけれど、イコール私が瑛司くんを誘っていない、という話とは別問題だ。

「礼乃はうちの人間に好かれてるし、信頼されてるから。俺はこうなるだろうと思ってたよ」

向かい側に座る透哉くんは、まるで自分の家族が全員私のほうに付いてくれると予測していたみたいだった。

「でも、実際私と瑛司くんの間の男女関係を否定する材料ってどこにもなかったんだよ。あるとしたら、私の記憶だけ」

これは私自身にしか通用しない証拠だろう。私はお気に入りのゴーダチーズをひと切れ頬張りながら、首を捻った。

「──透哉くんは、どうして信じてくれたの？」

「礼乃は本当にまっすぐな人だから。不倫や浮気を毛嫌いしてるし、お互いに浮気をするくらいに気持ちが離れてしまったなら、隠したりせず正直に打ち明け合おうって話したの、覚えてるよね？」

「そういえば、したね」

──確かそれは、四年目の結婚記念日。

生きていれば、不倫やら浮気やらという話はどこかから聞こえてきてしまう。そういうものに嫌悪感が募る身としては、そうなるくらいならば夫婦関係を清算するべき、という考え方を強く持っていたのだ。我ながら、カタいといえばカタい。

……なるほど。だから透哉くんはなんの疑いもなく信じてくれたのか。

「でもそんな約束なんてしてなくても、礼乃のことなら信じられるよ。だって」

納得しかけたところで、透哉くんが穏やかに微笑む。

「――夫婦ってそういうものだろう？」

「……うん。そうだね」

もし私が透哉くんの立場でも、同じように信じたに違いない。だって夫婦だから。

……私、この人と結婚できて本当によかったって、改めて思う。

彼のグラスがいつの間にか空になっていた。シャンパンを注ぎながら、家族会議での義妹の泣き顔が脳裏に浮かんでくる。

「――璃子ちゃんにつらい思いをさせてしまったことだけは、本当に悪いと思ってる。結果が結果だから、彼女が傷ついたことには変わりないわけだし……」

彼女の未来を思ってしたことではあるけど、たくさん泣かせてしまった。

家族会議の延長戦で、瑛司くんは今後緑川家の面々に一切接触しない、という誓約書を書かされていた。璃子ちゃんと瑛司くんはこれをもって正式にお別れしたわけだ。

国分さんも、自分の不用意な発言が今回の一因を作ってしまったと自分を責め、辞職を申し出ていたけれど、緑川社長の仕事に深く影響してくるため、その話はいったん保留となったようだ。義父は国分さんを深く信頼していたから、どうするべきか頭を悩ませていることだろう。

瑛司くんは身から出た錆だけれど、璃子ちゃんや国分さんのことを思うと、これが本当に最良の方法だったのかわからなくなりそうだ。自分を責めていると、透哉くんがその必要はないと示すように首を横に振った。

「でもこのまま付き合っていても、どこかで瑛司くんの本心を知ることになっただろうから。早いうちにわかって逆によかったんだ。璃子だって感謝してるよ」

「……うん」

――璃子ちゃんもそう思ってくれているなら、ありがたいのだけど。

「それはそれとして。……どうして瑛司くんに付きまとわれてたこと、教えてくれなかったの？」

透哉くんがちょっとムスッとした顔で言ったあと、冗談っぽく口を尖らせる。

「俺ってそんなに頼りにならない？」

「ち、違うよ、そういうんじゃなくて」

私は慌てて片手をひらりと振った。

「――変に心配かけたくなかったの。それに、璃子ちゃんに最初に相談されたとき、誰にも言わないって約束してたし」

誰かに打ち明ければ、璃子ちゃんからの信用を失ってしまうかもしれないと思ったのだ。でも今思えば、ひとりで解決しようとしないほうがよかったのかもしれない。

私の反省は透哉くんにも伝わっているようで、それ以上咎められることはなかった。けれど。

「義理堅いのは礼乃らしいけど。……俺は瑛司くんのこと、一生許せそうにないな。に付きまとってたこともそうだけど、そもそも事故の原因も彼にあるわけだよね」

──やっぱり、瑛司くんに対する怒りは収まっていないようだ。それはそうだ、私だって彼を許せる気はしない。でも。

「こういう言い方は不謹慎かもしれないけど……今なら、記憶を失くして悪いことばかりでもなかったなって思うの。たとえば、その……もう一度、あなたにゼロから恋をすることができた、とか」

ゼロというよりマイナスからだ。私は透哉くんのことを苦手視してたんだから。

──言葉にするとかなり恥ずかしい。くすぐったさで俯いていると、透哉くんが席を立った。

「透哉くん……？」

どうしたのだろう、と顔を上げると、彼が私の腕を軽く引いて立たせる。

「んっ……」

次の瞬間、唇同士が重なった。ふっと笑った彼が、耳元で囁く。

「不意打ちで、そういうかわいいこと言うから――キスしたくなる」

「ぁ、だめだよっ……」

彼の唇が、私の首筋に吸い付いた。ちゅっと音を立てて、ほんの少し場所をずらしながら、微かにチリッとした痛みが弾ける。

「どうして？　今夜は礼佳もいないし、礼乃に触れられない理由なんてないだろ？」

柔らかい皮膚を愛撫するように何度もキスをしながら、彼がいじわるに訊ねる。

「ここじゃ、恥ずかしいから……向こう……」

寝室のほうを指先で示しながら、くぐもった声でなんとか言う。

「うん。わかった――」

「きゃぁっ!?」

快諾した彼は、急に私の身体を横抱きにした。

――えっ、この体勢っ……!?

「行こう」

さながら王子に抱き上げられたプリンセスみたいに、寝室に攫われる。

間接照明の控えめな明かりのもと、大きなベッドに仰向けに下ろされる。次いで、彼の逞しい身体が圧しかかってきた。

「ねぇ、透哉くん……」

「なに？」

鼻先が触れそうなほど近くで私を見下ろす彼の名前を呼ぶと、優しく返事をしてくれる。

「私ね……たとえまた記憶をなくすことがあっても、それでももう一度、あなたに恋をすることができそう」

すべてを忘れてしまったのに、私は再び透哉くんを好きになった。自分で言うのも恥ずかしいけれど――こういうのを、運命と呼ぶのではないだろうか。

「うれしいけど――俺はもう、礼乃を失うのはいやだよ。また記憶喪失なんて、こっちの身が持たない」

――透哉くんが切実につぶやいたから笑うと、彼も同じように笑ってくれた。

「まだちゃんと言ってなかったね。……おかえり、礼乃。これからもよろしく」

記憶を失くす前も、あとも。力強く抱きしめる腕の感触に、私は何度も助けられ、癒やされ、ドキドキしてきた。

「うんっ……！」

温かい背中に腕を回す。昔は苦手だったのに、いつしか、私にとっていちばん大切な人になっていた透哉くん。

「好きだよ、礼乃」

私はその夜も、彼との甘い時間に溺れていった。

◆◇◆

——完全に記憶を取り戻してから、半年ほどが経った。

あの落ち着きのなかった日々がうそみたいに、私は心安らかに生活している。

「りっちゃん、あや、今度はうさぎさんかく～」

「おーいいね、礼佳。上手だよ」

季節は春。桜が満開に咲いたある日の夕刻、わが家に璃子ちゃんが遊びに来ていた。

リビングスペースのフロアマットの上で礼佳がお絵描き帳に落書きしているのを、横で璃子ちゃんが見てくれているのだ。

「みてみてまま～。うさぎさん」

「うん、本当、上手だよ」

礼佳が私のいるダイニングテーブルに向けて、頭上に絵を掲げてくれる。私は小さく拍手をした。

相変わらずお絵描きが好きな礼佳は、ひとつのモチーフのなかに様々な色のクレヨンを使って絵を描くことができるようになってきた。ついこの間までは単色で書いていたのに。子どもの成長は早い。

「こんどはかぞくのえ、かくね」

となりにいる璃子ちゃんに宣言して、新たなページを開き、黙々と描き始める。

「礼乃ちゃん、体調どんな感じ？」

「うん、なんとか頑張ってる」

うなずいてみせるけれど、本当のところ、あまりよくなかった。

彼女が様子を見に来てくれたのはそれを知っているからなので、隠す必要はないけど——病気なわけじゃないから、身体のだるさや気分の悪さに引っ張られず、気持ちだけでも上向きをキープしていたいのだ。

「そっか。大変だと思うけど、ヘルプ必要だったらいつでも呼んでね」

「ありがとう」

「——でーきた！」

璃子ちゃんにお礼を言うと、礼佳が自信満々に言った。

「えっとねー、これがぱぱでー、これがままでー、これがあやでしょ」

璃子ちゃんに向けて、描いたものを指差しながら説明しているのだろう。璃子ちゃんが「うんうん」とうなずいている。

「で、こっちがあかちゃん！」

「あーいいね。すっごい上手いよ。赤ちゃん、女の子なんだ」

「うん。あや、いもうとがいいー」

礼佳が最後に描いたのは、これから増えるであろう新しい家族。

——そう。私のお腹には、今新しい命が宿っているのだ。

「礼佳、私は？」

「りっちゃん、すきだけどかぞくじゃないもん」

「冷たっ。いいじゃん、たまには家族に入れてよ」

「ほいくえんのせんせーが、かぞくはいっしょにすんでるひとだっていってたよー？」

礼佳はなかなかシビアだ。璃子ちゃんは家族みたいなものなのに、とつい笑ってしまう。

「まぁいいけどっ」

ちょっと拗ねたように言ったあと、礼佳画伯が新しい絵に夢中になっているのを見届けてから、璃子ちゃんがダイニングテーブルのほうへやってきた。私の向かい側に腰を下ろす。

「――今何ヶ月だっけ？」

「二ヶ月。まだまだだよ、これから本格的につわりが始まると思うとしんどくて」

「二人目は軽くなるとか聞くけど、そうでもないの？」

「私の場合はむしろ重くなってる気がする。でも、これぱっかりは仕方ないよね」

礼佳のときはちょっと胸がムカムカする程度だったけれど、今回はすでにあまり食欲が湧かず、たまに戻したりもしている。

四月に合わせて復職をしようと調整していたのに、そういう事情で結局難しくなってしまった。おめでたい理由だということで、職場の人たちはむしろお祝いしてくれて、『二人目のお子さんが落ち着いたら待ってます！』と言ってくれたのだけど、掻きまわしてしまって申し訳なかったな。

「本当、なんでも言ってね。私、礼乃ちゃんにはすごく、すごーくお世話になったから。なんでもしちゃう」

「光栄だなぁ。いつも助かってます」

璃子ちゃんは大学四年に突入したので、授業もいよいよ少なくなったとのこと。その分時間ができたと言っては、マメに様子を見に来てくれてありがたい。

特に最近、礼佳の相手には体力が要るから、代わりに公園に行ってもらったりして本当に助かっている。私の母も事情を知っているので顔を出してくれるけど、璃子ちゃんのほうが多いくらいだ。

――と。璃子ちゃんは思い出したように声を潜め、「そういえば」と切り出す。

「瑛司のヤツこの間酔っ払った勢いなのか、『やっぱり璃子ちゃんしかいない！』とかってメッセージ送ってきてさ。『接触禁止なはずだけど？』って返したら返事なかったけど、『次は問答無用で警察に相談するから』って追撃したから、もう送ってこないと思う」

礼佳に聞こえないようなトーンで話したのは、礼佳が瑛司くんに懐いていたからだ。急に遊びにこなくなった彼を最初は恋しがっていたけれど、誰も話題にしなくなったこともあり、礼佳も彼の名前を口にしなくなった。

「さすが、強いね、璃子ちゃんは」

小さく笑いつつ、いまだに璃子ちゃんが戻ってくるかもという期待を残しているのかと思うと、その図々しさが羨ましくもあった。

瑛司くんの父親である国分さんは、結局丸園に残った。義父もかなり悩んだようだけど、長年一緒に仕事をしてきた、いわば戦友を切ることができなかったのだ、とのちに話していた。

その国分さんは、いよいよ息子の瑛司くんを勘当したらしい。今回のことも理由のひとつだけど、遊んでいた女の子のひとりを妊娠させてしまったというのだ。大学だけは最後の情けで卒業させるみたいだけど、家からは追い出されてさぞ困っているに違いない。

璃子ちゃんに連絡がきたのは、宿を提供してほしい下心があったのかもと思うけれど——もう彼女には関係ないことだし、敢えて伝えないでおこう。

彼女はちょっと遠い目をしながら、ふうっと切なげに息を吐いた。瑛司くんとの日々が頭を過ったのかもしれない。

「礼乃ちゃんのおかげで目が覚めたよ。やっぱり礼乃ちゃんは私のお姉ちゃんだね」

けどすぐに、普段通りのカラッとした笑顔を見せる。

「私ね、瑛司のことは悲しかったけど……礼乃ちゃんからの手紙読んで、すごくうれしかった。私のこと、こんなにも心配してくれてる人がいるなら、その人を信じようって思ったんだよね」

「璃子ちゃん……」

私の気持ちは、しっかり彼女に届いていたんだ。……よかった。

――私にとっても、璃子ちゃんは本当の妹と同じだよ。

「さ、これからでも、いい人見つかるかな～」

「まだ大学生なんだから、これからだよ」

頬杖をついて憂鬱そうにしているけれど、まだ二十歳そこその彼女は、これから先たくさんの出会いが待っているはずだ。

「でも私の歳だと、礼乃ちゃんと兄貴は出会ってたもんね」

「出会ってたけど、仲良くはなかったよ」

――どころか、むしろ悪かったと思う。

「……今でもどうして透哉くんを好きになったのか、不思議に思うときはあるけど。でも、他の人だったら上手く行ってなかっただろうから」

逆に言うと、最初がマイナスだったからあとは加点されていくだけだったとも言える。でも、私に嫌味ばかり言っていた人が、いざ一緒に住み始めたら急に紳士になって、私に愛情表現をしてくれるようになって――そういうギャップにもやられてしまい、気が付いたら彼のことで頭がいっぱいになっていた。

「ふーん。ごちそうさま」

やれやれ、と璃子ちゃんが呆れて言ったところで、玄関の施錠が開いたのがわかる。

「――噂をすればだね」

「ぱぱだ～、おかえりなさーい！」

璃子ちゃんがつぶやいたのと、礼佳が顔を上げて廊下に駆け出していったのはほぼ同時だった。

玄関でふたりが短い言葉のやり取りをしたあと、こちらに戻ってくる。

「おかえり、透哉くん」

「ただいま。具合は平気？」

「うん。なんとかね」

「無理しないで。違和感があったらすぐ教えてね」

「ありがとう」

透哉くんのいいパパっぷりは健在だ。二人目を妊娠してからさらにパワーアップしたようにも思う。いつも気にかけてもらって悪い気もしつつ、大切にされているのはうれしい。

「――あぁ、璃子。来てたのか」

ワンテンポ遅れて璃子ちゃんの存在に気が付いて声をかけると、璃子ちゃんが片手をひらりと上げた。

「そ。ってか、なにその大きな荷物」

見れば、透哉くんはバッグを持っているのとは逆の手に、両手で抱えるくらいの大きな箱を提げている。

「メリーだよ。赤ちゃんには必要だろ」

得意げに答える透哉くんに、璃子ちゃんが勢いよく噴き出す。

「早すぎじゃない？　あと何ヶ月あると思ってんの、ねぇ礼乃ちゃん？」

「確かに、まだまだ先は長いよ」

私がうなずくと、透哉くんは「そうか……」ときまり悪そうに語勢を弱くしたから、璃子ちゃんはなおのこと笑った。

「第二子なのに、気持ちが逸りすぎじゃない？」

「早めに準備しておく分には、悪くないだろ」

璃子ちゃんの突っ込みに、透哉くんは少し拗ねた風に言う。

礼佳のときに使っていたものは、途中で壊れて処分してしまった。彼はそれを覚えていたから、早く用意しなければと思ったのだろう。

——それくらい、楽しみにしてくれてるんだな。

「でもうれしいよ、ありがとう。大事に取っておく」

いつかは生まれてくるこの子に、このエピソードも話してあげよう。パパはあなたに早く会いたくて、妊娠二ヶ月なのにメリーを買ってきちゃったんだよって。

私は大切な家族がひとり増える日のことを思い描きつつ、密かにそう誓ったのだった。

◆◇◆

——その夜。

「まま～、おはなしきかせて～？」

間接照明の明かりのみが照らす寝室のベッドで、就寝の支度をしていたとき。パジャマ姿の礼佳が私の顔を覗き込んでそうせがんだ。

「いいよ。今日はなににしようか？」

礼佳は最近、寝る前に絵本を読んでもらうことが好きみたいだ。私も以前のように公園で一緒に身体を動かしたりできない分、こういうところでコミュニケーションを取ろうと、可能な限り付き合っている。

「おおかみとしちひきのこやぎ！」

「うん。じゃあ持っておいで」

「はーい！」

礼佳はぴょん、とベッドから飛び降りると、リビングに向かった。

「礼乃、俺が代わろうか？」

そのとき、ベッドに横になろうとしていた透哉くんがそっと訊ねてくれる。

「ううん、ありがとう。大丈夫だよ」

私が体調を崩しがちなせいか、なにかにつけてわが身のように心配してくれる透哉くん。その気遣いがうれしい。

ほどなくして、礼佳が絵本を一冊持って戻ってくる。

「ままーよんで～」

礼佳は私に絵本を差し出したあと、ベッドの真ん中に寝転がり、私のほうに身体を向けた。うつぶせの体勢を取るのが心もとない私は、上体を起こし、膝の上に絵本を置いてなかを開く。

「うん、読むね。『むかーしむかしあるところに……』」

『おおかみとしちひきのこやぎ』は、お母さんやぎの留守中におおかみがやってきて、子やぎたちを丸呑みしまうという衝撃のストーリー。でも、帰ってきたお母さんやぎは果敢にも寝ているおおかみのお腹をハサミで切り、子やぎたちを全員助けるのだ。

「ねーまま。このやぎさんたちのおうちには、ぱぱいないの？」

「あぁ、どうなんだろう。もしかしたら、いないのかもしれないね」

物語を最後まで読み終えたあと、礼佳が不思議そうに訊ねる。

書かれていないということは、そうなのかもしれない。というか、ストーリーとは直接関係のないところに興味を持つなんて意外だった。子どもってそういうところが面白い。

「おおかみがきたのがあやのおうちなら、ままがおかいものでいなくても、ぱぱがあやをまもってくれるのにね」

「うん。そうだよね」

楽しそうに誇らしそうにそう話す礼佳をとても愛らしいと思う。パパっ子の彼女にとって、パパはいつだってヒーローなのだ。

「礼佳が危ないときは、絶対にパパが助けてあげるからね」

した。

「やくそくだからね～」

透哉くんがそばで小指を差し出すと、礼佳が細く小さいそれを絡め、指切りを交わした。

「礼佳、もう寝よう。明日も保育園だから」

「ん、わかった～。おやすみ、ぱぱ、まま」

「おやすみ」

私たちの小さな天使は、目を閉じると電池が切れたみたいにまどろみへと誘われていった。寝つきがいいのは、親としてもとても助かる。

「礼乃の朗読、けっこう好きかも」

眠りこけている礼佳の身体に毛布をかけながら、透哉くんが言った。

「え、そう？」

「うん。耳心地がよくて癒やされる」

「そ、それならよかった。……上手くないし、恥ずかしいけど」

絵本を閉じてヘッドボードに置きながら、少し照れる。ひらがなだらけの読みなれない文章は、何度もつっかえたし、動物によって声を変えるなんて器用な真似もできない。なのに褒めてもらえるとは恐縮だ。

「礼佳も毎日楽しみにしてるし、きっと——お腹の赤ちゃんも一緒に聞いてるよ」

身体を起こした透哉くんの手のひらが、礼佳を飛び越えて私の腹部に添えられた。

そこに確かに存在している、私たちの新しい家族に触れている。

「……そうだといいな」

この満ち足りた優しい時間を、まだ見ぬ愛しいわが子とも共有できているのならうれしい。

「透哉くん」

「うん？」

おもむろに呼びかけると、間接照明の淡い明かりが彼の柔和な笑顔を映し出す。

「私、今、怖いくらいに幸せ。……大切な人たちに囲まれて、こんなに穏やかな気持ちでいられるなんて……事故に遭った直後の私は、想像もしていなかったと思う」

事故で記憶を失った私は、周りのすべてが自分を騙そうとしているような気さえして、絶望感さえ覚えていた。でも少しずつ記憶を取り戻すにつれ、私には大切で、愛おしくて、かけがえのない家族がいるのだと実感できた。

いつだって私を支えてくれたのは透哉くんだ。誰よりも優しく、大好きな旦那様。

「俺も幸せだよ。この幸せが続いていくように、これからも礼乃や礼佳、それにこの子のことも……必ず守るよ」

「うん」

頼もしい言葉に、左胸が甘く切なく疼く。

「礼乃――」

透哉くんの顔がゆらりと近づいてくる。ふたりの唇が重なって、ちゅっと軽やかな音を立てた。

私と、透哉くんと、礼佳と、そして――お腹のなかのこの子。四人での生活は、今までよりもっと楽しく刺激的なものになるに違いない。まだ見ぬ未来は、希望に満ち溢れている。

――会える日を楽しみにしているからね？

私は透哉くんの手の上に自身のそれを重ね、まだ膨らみのない腹部を優しく撫でたのだった。

あとがき

こんにちは、もしくはこんばんは。小日向江麻《こひなたえま》です。

この度は『目が覚めたら、天敵御曹司が娘と私を溺愛する極上旦那様に変貌していました』をお手に取っていただき、まことにありがとうございます！

記憶を辿る関係で、過去と現在を行ったり来たりするので、読者様には忙しい思いをさせてしまったかもしれませんが、記憶喪失から始まるドキドキあり、ハラハラありなラブストーリー、少しでも楽しんでいただけましたでしょうか？

すでに夫婦であり、大事な娘までいるヒロイン・礼乃が、再びヒーロー・透哉とゼロから恋愛を始める、という、いつもとは少し違った雰囲気のお話です。

書いていて終始、とても楽しかったのですが、それと同時に「お話を作るって大変だなぁ……！」と改めて思った作品でもあります。

プロットを立てるときに、せっかく記憶喪失という、ヒロイン視点で謎の多い設定なのだから、ちょこっとサスペンスっぽい要素を入れて、記憶を取り戻していく過程で真実が明らかになる……みたいな展開にできたらなと思い、お話を組み立てていったのですが、それが思いのほか難しく……。

チェックしてくださった担当様の頭を大変悩ませてしまったと反省しております。

申し訳ありません！

ご指導のもと、内容を大幅に削ったり、逆に加筆したりなどで、無事このように形にすることができてよかったです。担当様、本当に本当に、ありがとうございました！

森原八鹿《もりはらようか》様、美しい礼乃とカッコいい透哉、そしてとびきり愛らしい礼佳を描いてくださり、まことにありがとうございました！　幸せいっぱいな緑川家の雰囲気が伝わってくる素敵なイラストに感激いたしました！

編集部様、その他この作品に携わってくださったすべての方々にも、お礼を申し上げます。ありがとうございました！

そして最後に。こちらの作品をお読みくださった皆様にも、心より感謝いたします。

それでは、またお会いできることを願って。

小日向　江麻

m a r m a l a d e b u n k o

一途な激愛に溶かされて…♡

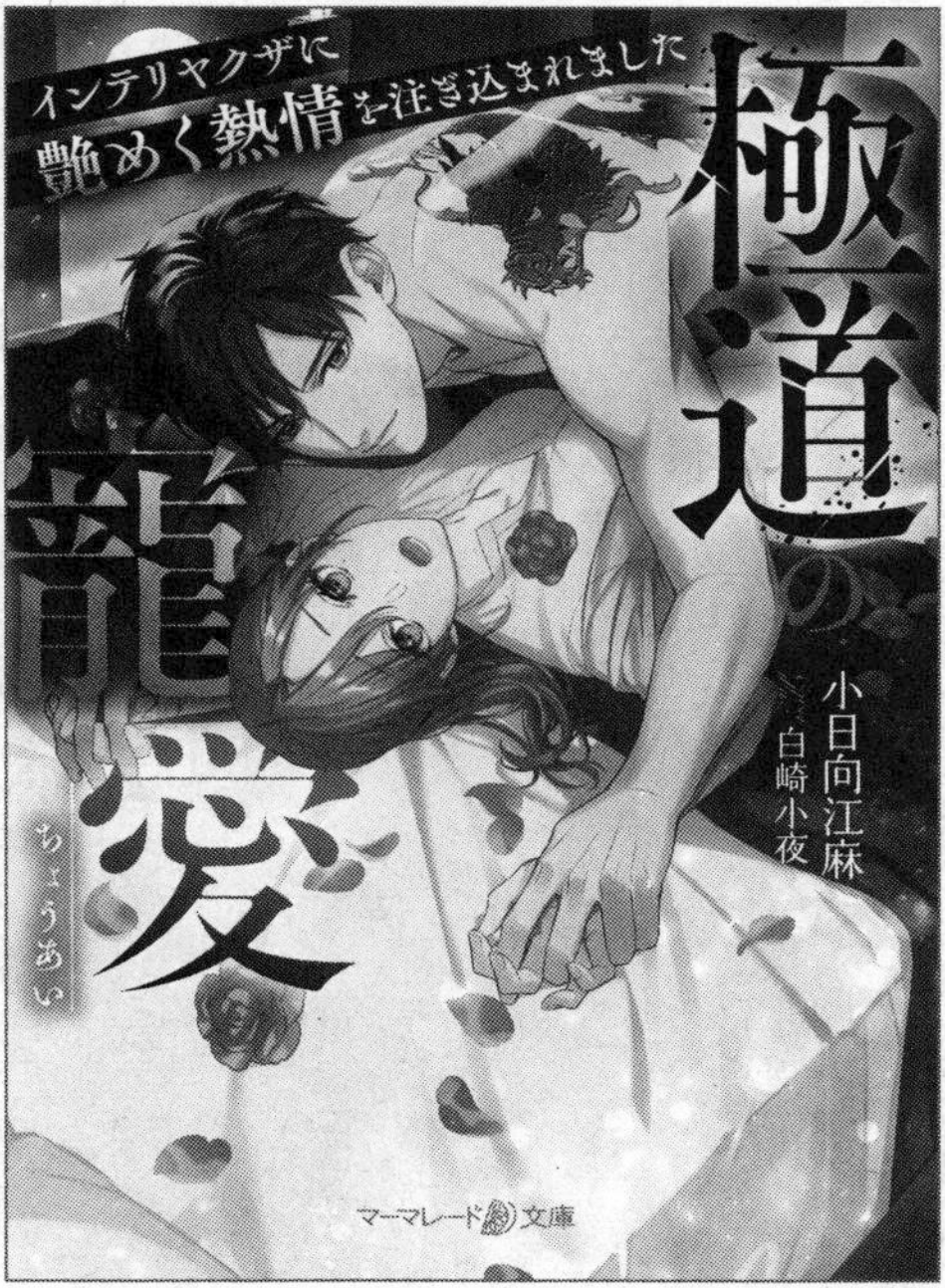

ISBN 978-4-596-75547-6

極道の寵愛
～インテリヤクザに艶めく熱情を注ぎ込まれました～ 小日向江麻

母の借金を返すため働き詰めの芹香は、昼間働く飲食店で圧倒的なオーラを放つ常連客・紘と夜のお店で遭遇。庇護欲全開で甘やかしてくる彼だけど、正体はヤクザ…!?　住む世界が違うと自分を諌めつつ、ときめきを感じてしまう芹香。そしてあるトラブルを境に、彼の激情に火がついて!?　抗えないほどの愛と熱に、芹香は堕ちていくのを止められず…。

甘くてほろ苦い。キュンとする恋♥　マーマレード文庫　定価 本体630円 ＋税

原・稿・大・募・集

マーマレード文庫では
大人の女性のための恋愛小説を募集しております。

優秀な作品は当社より文庫として刊行いたします。
また、将来性のある方には編集者が担当につき、個別に指導いたします。

募集作品
男女の恋愛が描かれたオリジナルロマンス小説(二次創作は不可)。
商業未発表であれば、同人誌・Web 上で発表済みの作品でも応募可能です。

応募資格
年齢性別プロアマ問いません。

応募要項
・A4判の用紙に、8万〜12万字程度。
・用紙の1枚目に以下の項目を記入してください。
①作品名(ふりがな)/②作家名(ふりがな)/③本名(ふりがな)④年齢職業/⑤連絡先(郵便番号・住所・電話番号)/⑥メールアドレス/⑦略歴(他紙応募歴等)/⑧サイトURL(なければ省略)
・用紙の2枚目に800字程度のあらすじを付けてください。
・プリントアウトした作品原稿には必ず通し番号を入れ、右上をクリップなどで綴じてください。
・商業誌経験のある方は見本誌をお送りいただけると幸いです。

注意事項
・お送りいただいた原稿は返却いたしません。あらかじめご了承ください。
・必ず印刷されたものをお送りください。
CD-Rなどのデータのみの応募はお断りいたします。
・採用された方のみ担当者よりご連絡いたします。選考経過・審査結果についてのお問い合わせには応じられませんのでご了承ください。

m a r m a l a d e b u n k o

応募先
〒100-0004 東京都千代田区大手町1-5-1 大手町ファーストスクエア イーストタワー19階
株式会社ハーパーコリンズ・ジャパン「マーマレード文庫作品募集」係

ご質問はこちらまで E-Mail / marmalade_label@harpercollins.co.jp

マーマレード文庫

目が覚めたら、天敵御曹司が娘と私を溺愛する極上旦那様に変貌していました

2023年12月15日　第1刷発行　定価はカバーに表示してあります

著者　小日向江麻　©EMA KOHINATA 2023
編集　株式会社エースクリエイター
発行人　鈴木幸辰
発行所　株式会社ハーパーコリンズ・ジャパン
東京都千代田区大手町1-5-1
電話　03-6269-2883（営業）
0570-008091（読者サービス係）
印刷・製本　中央精版印刷株式会社

ISBN-978-4-596-53201-5

m a r m a l a d e b u n k o